Lukas Bärfuss

VATERS KISTE

Eine Geschichte über das Erben

Rowohlt

5. Auflage Juni 2026
Originalausgabe
Veröffentlicht im Rowohlt Verlag, Kirchenallee 19, 20099 Hamburg, November 2022

Satz ITC Legacy bei Pinkuin Satz und Datentechnik, Berlin

Druck und Bindung CPI books GmbH, Leck
ISBN 978-3-498-00341-8

Kontaktadresse nach EU-Produktsicherheitsverordnung:
produktsicherheit@rowohlt.de

VATERS KISTE

Beim Aufräumen war eine Kiste übrig geblieben. Aus einer dunklen Wohnung in den Bergen hatte ich sie vor fünfundzwanzig Jahren zu mir an die Dufourstrasse getragen und ungeöffnet verstaut, bis ich an die Aarwangen- und später an die Bertastrasse gezogen war. Von dort trug ich die Kiste an die Straßen der drei Gottheiten Apollo, Minerva und Neptun, schließlich in einem heißen Sommer an den Mühlebach, dann hinauf an die Asyl-, ein paar Monate an die Witikonerstrasse, und jetzt schließlich zu mir, in diese gute Stube. Da stand sie nun. Eine gewöhnliche Bananenschachtel der Del Monte Company. Und ich wusste nicht, was ich mit ihr anfangen sollte.

Die Kinder waren groß geworden, ein neuer Lebensabschnitt kündigte sich an und forderte Platz. In der Wohnung lag das Treibgut der vergangenen Jahre, Zeugs, das nun ohne Zweck und Verwendung war und gesichtet, bewertet, weggeworfen oder eingelagert werden musste. Ich ging alles gründlich durch, begegnete dabei meinen Liebsten, den Jahren des Erwachsenwerdens, meinen ersten Schritten in der Kunst, den Zäsuren: Heirat, Geburt, Krankheit, Scheidung, Tod, und ich begegnete vor allem mir selbst.

Ich weiß nicht, wie weit mich bei diesem Reinemachen die

eigene Sterblichkeit drängte. Ein Freund war erkrankt, mitten im Leben, unrettbar, er verschied bald darauf. Die Männer in meiner Familie hatten kein hohes Alter erreicht, schon bald würde ich die meisten an Jahren eingeholt haben. Anzeichen, dass es mit mir zu Ende ging, gab es keine. Mit meiner Gesundheit war ich zufrieden, trotzdem fragte ich mich, ob etwas in mir wusste, dass meine Stunden gezählt waren, und mich deshalb zum Reinemachen zwang. Meine Ärztin, die ich mit meinen Sorgen behelligte, bescheinigte nach einer eingehenden Untersuchung meine tadellose Verfassung. Ich sei bloß ein bisschen abgespannt. Wie mit allem könne man es auch mit dem Aufräumen übertreiben. Ausgleich und Bewegung solle ich nicht vergessen und mir gelegentlich eine Pause gönnen. Die Zeiten seien hart genug.

Ich war erleichtert, wenigstens ein bisschen. Aber mit meiner Kiste half mir das nicht. Sie war das einzige Zeugnis eines Mannes, von dem es hieß, er sei mein Vater gewesen. Wie die meisten Menschen meiner Kindheit war er fast spurlos verschwunden. Von meiner Mutter besaß ich ein halbes Dutzend Bilder, von meinem Vater dasselbe, und auch von meinem jüngeren Selbst gab es keine Lebensspuren, keine Alben mit hübschen Familienporträts, keine Basteleien aus dem Werkunterricht. Von ehemaligen Lehrerinnen erhielt ich gelegentlich Klassenfotos zugeschickt, einmal auch eine Tüte mit alten Schulheften. Aber sonst war nichts geblieben, keine Möbel, kein Schmuck, keine Bücher, obwohl die Hälfte meiner Verwandtschaft unter dem Boden lag. Einen Teil meiner Jugend hatte ich auf der Straße verbracht, ohne feste Adresse, und wer ohne Haus ist, ohne Wohnung, der trägt keine Akten mit sich, keine Erinnerung und an Papier nur, was er sich in kalten Nächten unter den Pullover stopfen kann. Deshalb war meine Kindheit bloß in Bruchstücken greifbar, und eines dieser Bruchstücke, ein wesentliches, war diese Kiste. Sie war ein Kuriosum, eine Anomalie, ohne Zweck oder Verwendung. Und doch enthielt sie einen Teil meiner Herkunft und ein Kapitel meiner Geschichte, aber da ich alles getan hatte, um eben dieser Herkunft oder Geschichte zu entkommen, hatte ich es vermieden, mich näher mit ihr zu befassen. Ich kannte ihren Inhalt, jedenfalls hatte ich das in den vergangenen fünfundzwanzig Jahren geglaubt und keine Notwendigkeit gesehen, meine Annahme zu überprüfen.

Aber nun packte mich eine gefährliche Neugier. Ich konnte die stumme Präsenz der Kiste nicht mehr ertragen, es war das Schweigen über meinen Vater, das ich darin hörte. Und ich wollte nicht, dass dieses Schweigen eines Tages auf meine Kinder überging. Es war meine Verantwortung, der Kiste einen Platz zu geben, im Tresor, im Giftschrank oder auf dem Müll. Mit dem Erbe ging es mir wie allen: Eines Tages musste sich jeder darum kümmern.

Aber das hieß, dass ich die Kiste öffnen und mir den Inhalt näher ansehen musste. Davor fürchtete ich mich, jedenfalls dachte ich nur mit Widerwillen daran. Das lag an der Geschichte, die mit dieser Kiste verbunden war.

In jenem Dezember vor fünfundzwanzig Jahren war ich im Norden Kameruns, in Waza, einem Reservat an der Grenze zum Tschad. Sudan-Sahel-Zone, staubtrocken, der letzte Regen war vor zwei Monaten gefallen, der nächste erst in einem halben Jahr zu erwarten. Die Elefanten hatte ich gesucht und gefunden, ferner Giraffen, Thompson-Gazellen, Büffel, gefährlich, weil sie sich in Herden bewegen, und ich hatte die Spur eines Löwen gesehen.

Wir waren in einem bordeauxroten Opel Kadett unterwegs, für die Gegend mehr als ungeeignet, ein Witz, und doch der einzige Wagen, der sich hatte auftreiben lassen.

Unser Fahrer, ein schwerer Mann mittleren Alters, war verschnupft, ein vollgerotztes Kleenex nach dem anderen warf er in die Savanne, zog eine weiße Spur hinter sich her, und als ich ihn in meinem westeuropäischen Umweltdünkel auf die Unschicklichkeit hinwies, griff er sich einen Stock und stopfte die Zellulose in die Ritzen der ausgetrockneten Erde, bis sie verschwunden waren.

In der Trockenzeit wuchs in der Savanne bloß ein dürres Kraut mit holzigen Stängeln, quadratkilometerweit. Die heiße Luft über der Ebene malte Schlösser in den Horizont, hier und da Büsche, Schirmakazien, darin Hirsefresser, eine Meisenart, die ihre Nester in Form von Körben in die Bäume webt, Termitenhügel noch und noch.

Irgendwann hatten wir einen Platten. Aber wir hatten keinen Ersatzreifen, und so verbrachte ich eine unbequeme Nacht unter dem afrikanischen Himmel, mit zwei schnarchenden Männern in einem Opel Kadett. Unweit brüllte ein Löwe, und ich erinnere mich, wie ich den Knopf herunterdrücke, mit dem man die Autotüre von innen schließt, und ich weiß nicht, ob ich damals lachen musste bei der Vorstellung, ein Löwe könnte eine Autotür öffnen, jedenfalls kam noch in der Nacht ein Wagen vorbei, der uns zurück ins Resort brachte.

Die Elefanten waren früher am Tag am Horizont sichtbar geworden als Staubwolke, und der Fährtenleser versprach, dass sie im Laufe des Tages bei der Wasserstelle ankommen würden. Dort saßen die barhäuptigen Geier, Geschöpfe aus einer anderen Zeit und in einer anderen Zeit, mächtige Tiere, leicht in der Luft, aber schwer, sobald sie den Boden berührten. Irgendwo ein Gerippe.

Und dann erschienen sie vor mir, die grauen Ungetüme, Fressmaschinen, die sich mit diesem Stroh begnügen mussten, von hier nach dort zogen, Kühe mit ihren Kälbern, Kreaturen, wie sie fremder nicht sein konnten, und gerade diese Fremdheit entfachte meine Bewunderung und mein Entzücken. Es kann sein, dass dieses Gefühl ein koloniales war, eines der Eroberung und der Entdeckung, aber ich kann nicht behaupten, dass ich mich wie ein Eroberer oder wie Entdecker gefühlt hätte, eher wie ein Niemand, der keine Ahnung hatte, was er hier wollte. Ich hatte Heimweh, und ich war ziemlich weit weg von Zuhause, wo niemand auf mich wartete, kein Arbeitgeber und keine Schule, keine Eltern, höchstens ein paar Freunde, die gewiss eine Weile ohne mich auskamen.

Das Campement verlassen, die Boukarous leer und ich der einzige Gast an jenem Abend. Touristen hatte man lange keine gesehen. Die Gegend war unsicher. Nach dem Essen setzte ich mich auf einen Felsen. Über mir das Sternenzelt, die Luft klar, die Milchstraße, wie ich sie noch nie gesehen hatte, ein kleiner europäischer Mann, der sich entschieden hatte, Schriftsteller zu sein, ohne Idee, wie er das werden konnte, ein Moment der Verlorenheit, der mich auf rätselhafte Weise mit dem Universum verband, dessen einzelne Teile, die Sterne, die Erde, die Menschen, die Tiere, so verloren waren, wie ich es war.

Ich bin nicht sicher, was in jener Nacht geschah, aber auf einmal packte mich die jähe Erkenntnis, dass meine Zeit hier abgelaufen war und ich zurückkehren musste, in meine Welt, zu meinen Aufgaben. Ich musste mich um mein Leben kümmern, um meine Probleme. Es wurde eine unruhige Nacht, ich konnte kaum den nächsten Tag abwarten, um mich schleunigst aus diesem Staub zu machen.

Früh am nächsten Morgen machte ich mich auf den Weg, zuerst zurück nach Maroua. Bis Yaoundé, in die Hauptstadt, waren es anderthalbtausend Kilometer, von denen die Hälfte in einem überfüllten Toyota HiAce zurückzulegen war, auf einer Straße, die nur gelegentlich diesen Namen verdiente. Am gefährlichsten waren ausgerechnet die asphaltierten Strecken. Dort drückte der Fahrer das Gaspedal durch, obwohl im Belag Löcher so groß wie Badewannen klafften, und ich erinnere mich, wie im Radio der Koran rezitiert wurde, und ich erinnere mich, wie in einem Stück Wald, den die Straße passierte, ein Feuer ausgebrochen war, weshalb sich viele Tiere, vor allem Vögel, darunter eine Art mit türkisblauem Gefieder, auf den Asphalt geflüchtet hatten, und wie der Fahrer trotz der Tiere nicht vom Gas ging, und ich erinnere mich an ein flappendes Geräusch und an den Geruch brennenden Holzes.

Dann die Fahrt über die Bénoué-Ebene, die Falaise hinauf, die Steigung, die auf das Hochland führt, nach Ngaoundéré, Endhaltestelle der kamerunischen Eisenbahnlinie, eine Stadt, in der morgens Nebel liegt und die Mototaxifahrer eingepackt in Arktisjacken durch die Straßen fahren, die Kapuzen bis zur Nase zugeschnürt. Die Nächte waren kalt in dieser Gegend, Dunst hing zwischen den Häusern, und am Bahnhof bestieg ich den Zug, bezog mein Abteil und fuhr in einer Nacht weiter in den Süden, nach Yaoundé, in die Hauptstadt, zu meinen Freunden am Theater.

Dort erwartete mich eine Nachricht. Es war das letzte Jahrzehnt der Faxgeräte. Ich erkannte auf der Stelle die Handschrift meiner Mutter. Leider sei der Vater verstorben. Das Schreiben war drei Wochen alt. Ich machte einige Anrufe in die Heimat, erhielt aber auf meine Fragen keine Antworten, und weil die Gespräche teuer waren, verschob ich die Klärung und machte mich bereit für die Abreise.

Zu Hause lag Schnee, ein klarer, kalter Winter, das neue Jahr war kaum eine Woche alt, und ich begann, die Asche meines Vaters zu suchen. Die Verwandten hatten sich um nichts gekümmert, niemand wusste etwas von einer Bestattung. Mein Vater war das schwarze Schaf der Familie gewesen, und nicht einmal mit seinen sterblichen Überresten wollte man etwas zu tun haben. In seiner Jugend hatte er ein paar krumme Dinger gedreht, war dafür nach Witzwil und auf den Thorberg gewandert, in die Gefängnisse, die bei uns noch Zuchthäuser hießen. Das wurde er ein Leben lang nicht los, auch wenn er nach dem Knast ein ordentliches Leben zu führen versuchte, in der Gegend blieb und sich mit einer bescheidenen Existenz als Kellner in mittleren Gasthöfen begnügte.

Ich fand die Verachtung für den Vater kleinlich; schließlich war er tot und tat keinem mehr etwas zuleide. Aber ich stand in der Pflicht, der Hinweis der Verwandten, zuerst habe ein Sohn sich um seinen toten Vater zu kümmern, war nicht von der Hand zu weisen. Auf eine gewisse Weise, die ich zum ersten Mal erlebte, war ich für eine Sache wirklich verantwortlich. Es schien in der Natur selbst zu liegen, in meiner Existenz als Mensch, dass ich den Totendienst leistete und der Pflicht gegenüber meinen Ahnen gerecht wurde. Aber dazu brauchte ich zuerst seine Asche.

Die letzte Zeit seines Lebens hatte er auf der Straße gelebt und war in den kalten Nächten im Durchgangsheim der Heilsarmee untergekommen. An einem Dienstagvormittag Anfang Dezember war er in der Nähe des Bahnhofs zusammengebrochen. Der Infarkt riss ein Loch in sein Herz, das er keine Minute überlebte. Das Krankenhaus, wohin man ihn brachte, arbeitete mit mehreren Bestattern zusammen, wie man mir mitteilte, aber sie konnten nicht sagen, bei welchem die Urne meines Vaters herumstand, bloß eine Liste gab man mir, und ich hatte ein paar seltsame Anrufe zu machen, ein Sohn, der nach den Überresten seines Vaters suchte, irgendwie peinlich.

Irgendwann fand ich die Urne. Ich brachte sie zurück an den Ort, wo er seine letzte Wohnung hatte, in den Bergen, am Ende eines Tals. Wir waren zu viert, wenn ich mich recht erinnere. Es war kalt, Januar, klirrend, übel. Kein Pfarrer sprach, nur ich fühlte mich bemüßigt, einige Zeilen aus dem Hiob zu lesen, die Verse 23 bis 31 aus dem Kapitel 30, die ich auch auf das Leidzirkular hatte drucken lassen. «Mein Inneres kocht und kommt nicht zur Ruhe, mich haben die Tage des Elends erreicht. Geschwärzt, doch nicht von der Sonne gebrannt, stehe ich auf in der Gemeinde, schreie laut. Den Schakalen wurde ich zum Bruder, den Straußenhennen zum Freund.» Ziemlich unpassend zum Abschied, aber zum Trost war ich nicht aufgelegt. Als ich die Urne endlich in die Nische gestellt hatte, empfand ich eine große Erleichterung. Der Alte hatte einen Platz gefunden, hier mochte er bleiben, ungestört bis in alle Ewigkeit, auch wenn diese Ewigkeit kürzer ausfallen sollte, als ich damals dachte. Seine restliche Habe stand im Treppenhaus eines öden Wohnblocks am Rande der Siedlung. Kleider, Schuhe, persönliche Effekten, nichts von Wert, keine Möbel, die hatte der Vermieter zur Verwertung behalten. Mein Vater war über Monate die Miete schuldig geblieben, wie mir der brave Mann mit Tränen in den Augen eröffnete.

Er konnte nicht verstehen, wie ein liebenswürdiger Mensch wie mein Vater gleichzeitig so unzuverlässig sein konnte. Wie oft habe er die ausstehende Miete versprochen, wie oft habe er selbst ihm geglaubt, eine weitere Frist eingeräumt, bis ihm der Kragen geplatzt sei und er den Säumigen auf die Straße gestellt habe, was er nun bitter bereute. Seinetwegen habe mein Vater als Obdachloser sterben müssen.

Ich ließ den Mann in seinem Selbstmitleid allein, packte das Zeug in Andys Saab, und so fuhren wir zu mir an die Dufourstrasse, wo ich eine Erzählung schrieb, die ich meinem Vater widmete, und die nichts zu tun hatte mit ihm oder mit mir oder mit dem, was geschehen war.

Das Erbe schlug ich natürlich aus, ich war ja nicht verrückt. Mit einem Brief an den Regierungsstatthalter teilte ich der Öffentlichkeit mit, dass ich auf alle Ansprüche verzichte.

Und so blieb mir allein die Kiste. Die Asche meines Vaters hatte ihren Ort gefunden, aber dieses Zeug hier, das hatte kein Zuhause. Die Kiste gehörte zu mir und gehörte doch nicht zu mir, sie gehörte mir und gehörte doch nicht mir. In den vergangenen Jahrzehnten hatte ich mich davon emanzipiert, von diesem Elend, aber bevor ich mich endgültig von ihr und ihrer Geschichte befreien konnte, musste ich mich ihr stellen, und das hieß, einen Blick hinein zu wagen. Noch zögerte ich, denn ich hatte von gewissen Büchsen gehört, die man besser verschlossen hielt, jene der Pandora zum Beispiel.

Manche Behältnisse waren gefüllt mit allen Übeln, die dann entweichen würden, aber ich fand auch, dass antike Mythen mir in dieser Sache nicht behilflich sein würden und Aberglaube lächerlich und unvernünftig war.

Schließlich machte ich mich an die Examination. Gummihandschuhe zog ich keine an, obwohl sie bereitlagen, eine volle Schachtel der Marke *sempercare, single use examination gloves, latex-free*, in der Farbe Himmelblau. Wir gingen durch eine Pandemie, deshalb hatte ich sie gekauft und nie gebraucht.

Die Kiste war staubig, schmutzig, sie roch muffig, aber der Inhalt war trocken und ohne Wurmfraß. Zuoberst fand ich das grüne Mäppchen mit dem Leidzirkular, das ich damals verfasst und nach der Totenfeier achtlos in die Kiste geworfen und vergessen hatte. Ich fand das Fax, mit dem mich meine Mutter über Vaters Tod unterrichtet hatte, die Liste mit den Bestattungsunternehmen – aus den Dokumenten sprach eine vergangene Zeit, eine ferne Epoche, das zwanzigste Jahrhundert in seinem letzten Jahrzehnt. Technologisch, sozial, kulturell lebte ich in einer anderen Welt als der junge Mann von damals.

Darunter war sie tatsächlich gefüllt mit vielen Übeln. Ritter, Tod und Teufel erschienen hier in Gestalt von Zahlen und Briefköpfen: Bezirksrichteramt, Konkursrichteramt, Arbeitslosen- und Amtsersparniskassen, Fürsorgeämter, Justizvollzugsorgane mit ihren spezifischen Textsorten, den Pfändungsankündigungen, den Rechtsöffnungen, den Schuldscheinen.

Ich kannte das alles gut, nur zu gut. Als wären diese Briefe nicht an ihn, sondern an mich adressiert, so kam es mir manchmal vor, und ich musste zwei Mal hinschauen, ob mein Vater oder ich selbst der Adressat war. Nur der Vorname unterschied uns. Genau in jenen Jahren drohte auch ich in Schulden, Armut und Kriminalität unterzugehen. Wie er war auch ich in meiner Existenz gefährdet, ich hatte keine Sicherheit, keine Rücklage, kein Fangnetz und niemanden, der sich für mich eingesetzt hätte. Wie mein Vater lebte ich am Rande dieser Gesellschaft, was mich nicht grundsätzlich störte, ich war nicht unglücklich. Und doch war mir in jedem Augenblick bewusst: Ein kleines Malheur, ein läppischer Unfall, eine zufällige Aufgreifung, ein ungeplantes Verhör, und ich hätte mich unrettbar verheddert, wäre im Bau gelandet, in einer Zelle, einem Zimmer, einer Kammer, als Fall, als Krankengeschichte, als Aktennotiz, untauglich für die weitere Verwendung in der Gesellschaft, wie es entsprechend im Dienstbüchlein der Schweizer Armee hieß. Auf Mitleid oder Verständnis oder Gnade konnte ich hoffen, aber zur Hoffnung war ich nicht dumm genug. Die Familie würde nicht helfen, und der Sozialdienst schon gar nicht.

Mit fünfundzwanzig hatte ich weder Ausbildung noch Zeugnisse, dafür hatte ich einen halben Jahreslohn Schulden und den Umgang mit Mahnstufen gelernt. Alles bis zur zweiten Erinnerung war harmlos, ab der dritten wurde Handeln erforderlich. Ich stotterte ab, zahlte die Raten so pünktlich wie möglich, hielt mich an die Kontrakte. Das garantierte keine Rettung. Es konnte mich trotzdem erwischen, aber ich lernte, wie sich das Risiko vermindern und die Chancen erhöhen ließen, meiner Bestimmung zu entkommen, meiner Herkunft, dem Knast, dem Schuldturm, der Klinik und dem Friedhof, wo ein guter Teil meiner Leute mittlerweile gelandet war. Korrekturen waren wirksam, aber nicht allmächtig. Ich durfte keinen Bogey machen. Fehler waren verboten. Sie hätten mich umgebracht.

Schwer klebten die Schulden an meinen Füßen, weit und dornig war der Weg in eine ordentliche Existenz. Irgendwann hatte ich eine Stelle als Buchhändler gefunden, verdiente lausig, weil mir das Diplom fehlte, aber zum ersten Mal im Leben hatte ich ein regelmäßiges Gehalt und eine Arbeit, die ich sogar mochte. Bis Mitte zwanzig stotterte ich Altlasten meiner verdorbenen, verschenkten Jugend ab, tat ich alles, um meiner Herkunft zu entkommen. Und es gelang mir. Ich erschrieb mir einen eigenen Namen, forderte die Deutungshoheit über mein Leben und traf auf Menschen, die zu meiner Wahlverwandtschaft wurden. Ich hielt mich für ein Glückskind, weil ich mit der Literatur etwas gefunden hatte, das ich nie erschöpfen würde, das mich herausforderte und begeisterte und schließlich sogar ernährte. Aber nun stand diese Herkunft wieder da, vor mir als hässliche Kiste, als Kiste der Armut. Und ein Teil von mir war da immer noch zu Hause. Ich kannte die verzweifelten Überschlagsrechnungen auf den Notizblöcken, die Einkaufszettel mit den verfügbaren Beträgen für die Woche, damit man nicht verführt wurde vom Angebot und sich streng an Kartoffeln, Teigwaren und Konservenfleisch hielt – all dies wiederzusehen schnürte mir das Herz ab, und ich fühlte einen Kloß im Hals, die Angst und die lebendige Erinnerung, wie sich ein solches Leben anfühlte, ein Leben im Dreck, in der Armut, am Abgrund, ein Leben, dem ich nur um Haaresbreite entkommen war, mit Arbeit und mit Glück – äußerlich entkommen, gewiss, es ging mir gut, wie gesagt, ich hatte mich nicht zu beklagen, aber ein bitterer

Rest war geblieben, ein Geschmack im Mund, die Aversion gegen kalte Nächte, die Demütigungen, die Verachtung der Menschen, das war alles da, lebendig vor mir und in mir. Du kriegst den Jungen aus dem Schuldturm, aber niemals den Schuldturm aus dem Jungen.

Flucht vor der Herkunft – das schien mir jetzt wie eine Illusion. Das Versprechen hatte es immer gegeben, das wohl, meine Kultur begann damit. Der biblische Stammvater Abraham verließ auf Befehl Gottes seine Heimat, die Stadt Ur in Chaldäa. «Geh fort aus deinem Land, aus deiner Verwandtschaft und aus deinem Vaterhaus in das Land, das ich dir zeigen werde! Ich werde dich zu einem großen Volk machen, dich segnen und deinen Namen groß machen.»

Nun hatte ich keinen göttlichen Auftrag erhalten, und ein großes Volk musste ich nicht unbedingt werden, aber diese Geschichte war mir von Kind auf bekannt und hatte sich mir eingeprägt. Die Kirchen waren angezählt, aber ihre Macht und ihre Erzählungen dauerten fort. Um einen Namen zu erlangen, musste ein Mensch seine Verwandtschaft verlassen. Fluchtgeschichte und Heilsgeschichte gingen ineinander über. Aber wenn es diesen Abraham wirklich gegeben hatte, dann war es bestimmt kein Gott gewesen, der ihn vertrieb, nein, die Gründe dafür waren gewiss dieselben wie heute: Verfolgung, Hunger und Not. Auch heute erhofften die Menschen im neuen Land ein Leben in Sicherheit und Wohlstand und fanden wie Abraham oft nur das alte Elend in neuer Form. War es Abraham denn gut ergangen in seiner neuen Heimat, war er seine Geschichte losgeworden? Eheprobleme, Untreue, ein Kind mit einer anderen Frau, schließlich eine Psychose, die ihn seinen Sohn auf einen Berg bringen ließ, um ihn umzubringen, brennende Dornbüsche, Opferfeuer, geschlachtete Schafe: in der neuen Heimat nichts als der bekannte Wahnsinn. Seine Nachkommen führten ihn wacker fort. Abrahams Enkel Jakob beispielsweise, Sohn der Rebekka und des Isaak, der Zweitgeborene, jüngerer Zwillingsbruder Esaus, des Roten, des Behaarten, den er bei der Geburt an der Ferse hielt. Nun galt damals die Primogenitur, aber mit einer List erschlich sich Jakob, das Muttersöhnchen, das sich kaum vom Zelt und von den Frauen fortbewegte, wie es hieß, mit einem Linsengericht und später mit Muttis Unterstützung Vaters Segen und das ganze Erbe. Leider stiftete er damit gleichzeitig die erste dynastische Feindschaft zwischen den Nationen. Esau gründete seinerseits ein Volk, wie es hieß, jenes der Edomiter und Amalekiter. Er wollte den Bruder töten, es brauchte den Kampf am Jabbok, die letzte Begegnung eines Menschen mit seinem Gott, bis sich die Dinge auf die richtige, heilsgeschichtliche Bahn bewegten.

Die Genesis liebt Stammbäume und listet sorgfältig die Geschlechterfolgen auf. Von Adam zu Set und Enoch bis Methusalem und Noah, mit dem die Völkertafel beginnt und die Herkunft der Kanaaniter, Luditer, Siniter und wie sie alle heißen geklärt wird, bis irgendwann nach dem Turmbau von Babel ein gewisser Nahor seinen Sohn Terach zeugt, den Vater Abrahams. Und so penibel die Genealogien hergeleitet werden, sind doch der Betrug und die Täuschung von Anfang an dabei, das falsche Testat, das erschlichene Erstgeburtsrecht. Was bedeutete, so fragte ich mich, die Einsetzung eines Rechtlosen, eines Betrügers zum Statthalter und Erzvater eines Volkes, das die Gnade Gottes mit sich trägt? War das vielleicht die totale Negation der eigenen Herkunft? Erfunden hatte die Genesis diese Obsession nicht. Abraham stammte aus dem Land der Sumerer, aus Mesopotamien.

Dort wurde vor fünftausend Jahren die Schrift erfunden, aber kaum hatten die Sumerer gelernt, wie man Zeichen in den Ton drückt, da tauchte er schon auf, dieser Herkunftswahnsinn.

«Herrschaft, vom Himmel gekommen. In Eridu begann die Herrschaft. In Eridu war Alulim König. Er herrschte 28 800 Jahre.» «Arpium, Sohn eines armen Mannes, regierte 720 Jahre.» «Balih, Sohn von Etana, regierte 400 Jahre.»

So stand es in Keilschrift auf dem Weld-Blundell-Prisma, das die Genealogie der Könige von Sumer in Listen verzeichnete. Sie etablierten Herrschaft durch Abstammung und stellten Erbe, Familie, Macht und Gesellschaft in einen Zusammenhang. Aber weshalb? Was war so verlockend daran, die Macht über andere Menschen, und damit die Gewalt, die man gegen sie ausübt, durch die Herkunft zu erklären, zu rechtfertigen, zu entschuldigen? Warum war das überhaupt nötig? Und warum auf diese Weise? Offenbar brauchte jeder seinen Stammbaum, nach dem man ihn bewerten und einteilen konnte in seine Sippe, in seine Herkunft, in seine Familie.

Mein Vater entstammte einer rechtschaffenen Familie, und das war ein großes Unglück. Seine Leute waren vor hundert oder mehr Jahren aus dem Emmental ins Unterland gekommen, hatten das bäuerliche Leben hinter sich gelassen und waren Bürger geworden. Der Großvater ein Architekt, die Großmutter Lehrerin, beide waren vor meiner Geburt gestorben. Ihre Kinder lebten in unserem Viertel, und sie lebten doch in einer anderen Welt. Sie hatten eigene Häuser und niemals Geldsorgen. Die Probleme, mit denen wir täglich kämpften, waren ihnen fremd. Trotzdem beneidete ich sie nicht, oder nur gelegentlich, wenn ich in der Adventszeit meinen Umschlag bei ihnen abholen und in die warme Gemütlichkeit ihrer Zimtsterne und ihres Orangenpunsches tauchen durfte für ein paar Minuten. Der Schnee in ihrer Vorfahrt war geräumt, die Tischdecke frisch, die Äpfel waren poliert, sowohl Papa wie das Essen und die Kinder pünktlich. Es waren Bürger, Stützen der Gesellschaft, sie arbeiteten von acht bis fünf, sie und ihre Kinder hatten ordentliche Haarschnitte, gute Noten und niemals Ärger. Der rechte Weg lag vor ihnen, sie konnten ihn nicht verfehlen, auch wenn klar war, wo er enden würde: auf dem Friedhof hinter der Kirche, unter einem schweren Stein aus Grimsel- oder Gotthardgranit.

Wir hingegen lebten in einer stinkenden, ungeheizten Bruchbude und stürzten von einer Katastrophe in die nächste. Wir hatten weder einen Sinn für Regeln noch für Traditionen. Unsere Familienfeste waren Kriegsgebiete. Man lag sich in den Haaren, sobald sich Gelegenheit dazu bot. Bei uns drehte sich alles um die Liebe oder um das Geld. Vom einen gab es mehr als genug, jedenfalls, wenn man die Liebe für das Begehren setzt, für Liebhaber und Mätressen; am anderen, dem Geld, herrschte ein unausgesetzter, schmerzhafter bis tödlicher Mangel.

Wo Mangel herrscht, ist die erste Tugend Improvisation. Meine Mutter beherrschte sie meisterhaft. Es war die Kunst, die Gesellschaft zu bescheißen, wie sie es nannte, die Ausflüge in die luxuriösen Gebiete, die für Leute unseres Kontostandes nicht vorgesehen waren.

Zu Hause war man ungern, es war der Ort, wo wir unser Elend versteckten. Bei uns gab es keine Sicherheit, das Unglück drohte an jedem Monatsende. Der Briefkasten war das Tor zur Hölle, niemals Urlaubsgrüße, immer Mahnungen. Keiner dieser strebsamen, verlässlichen und rechtschaffenen Onkels oder Tanten hätte auch nur einen Tag unseres Lebens überstanden. Wir hielten uns für ärmer, aber im Grunde für stärker. Wir waren dem Leben näher, dem Tode auch, wir würden jung sterben. Familie waren wir keine, konnten keine sein, und was davon einst übrig geblieben war, das war bis auf die Grundmauern zerstört.

Die Herkunft des Witwers, bei dem wir damals lebten, war noch zweifelhafter als unsere eigene, schrecklicher, und doch kein Einzelfall. Neun Geschwister waren sie gewesen, als der Vater nach einem Zechgelage eines Nachts die Treppe hinuntergefallen war und sich auf dem Stiefelknecht das Genick gebrochen hatte. Alle neune wurden sie fremdplatziert, verdingt, nach Landessitte von den Behörden als Arbeitssklaven auf irgendwelche Höfe gebracht, in irgendwelche Klans, die man Familien nannte, zu den Sklavenhaltern, wo sie geprügelt, ausgebeutet, vergewaltigt wurden und den letzten Halt und das letzte Vertrauen in sich, ihre Mitmenschen und in die Gesellschaft verloren. Nein, mit Familie musste man uns nicht kommen.

Auf ihren Vater, meinen Großvater, war meine Mutter stolz, und das war keineswegs selbstverständlich. Er war kein ordentlicher Bürger mit einer ordentlichen Abstammung gewesen. Dieser Ahne war ein Bastard, kein gewöhnlicher, ein in den Augen der Gesellschaft besonders übler, mit einer Herkunft, die man gerne ausgerottet hätte, und zwar nicht metaphorisch. Er war der Sohn eines Fahrenden, eines Kesselflickers, ein Manouche oder ein Rom, und die Herren an den Universitäten und in den Psychiatrien hatten manche Idee entwickelt, wie man dieses Pack aus der Welt schaffen konnte. Die Behörden nahmen ihnen die Kinder weg und steckten sie in sesshafte Familien, in Heime, in die Knäste und in die Irrenanstalten. Die Eugenik war eine besonders aggressive Variante der Herkunftsobsession, und gerade in meinem Land hatte sie reiche und böse Blüten getrieben, selbst dann noch, als der Faschismus besiegt war. In der Schweiz gab es noch in meiner Lebenszeit Gesetze, die es erlaubten, aufgrund einer so genannten «sozialen Indikation» Menschen zu drangsalieren, einzusperren, zu kastrieren. Man wollte sie daran hindern, ihre Fehler, ihre asoziale Lebensweise zu vererben. Diese mörderische Politik zielte vor allem auf Frauen, Homosexuelle und Fahrende. Für meine Mutter waren diese Gesetze eine konkrete, tägliche Gefahr. Als geschiedene und alleinerziehende Frau war sie an sich verdächtig. Dazu saß der Vater ihres Kindes im Knast, und es wäre nur logisch gewesen, wenn wir ihm dorthin gefolgt wären.

Mutter redete nur leise über meinen Großvater, sanft und voll Liebe und Bewunderung. Er war ihre Herkunft, nicht das Dorf, in dem sie aufgewachsen, aber nicht geblieben war. Das Leben dort war ihr ein Gräuel, sie hasste es. Ihr Vater war aus einem Irrtum des Schicksals dort gelandet, war selbständiger Sattler geworden, mit einem eigenen Geschäft, aber er blieb ein Fremder, scherte sich nicht um die Leute, er besaß ein Motorrad, eine Harley-Davidson mit Seitenwagen, trieb sich herum, ein schöner, wilder, ungezähmter Mann.

Sie schämte sich nicht für ihren Vater, meine Mutter hatte sich jede Scham ausgetrieben, sie war dazu nicht mehr fähig, und hätte sie auch nur das kleinste Gran zugelassen, sie wäre darin versunken.

Sie nannte sich selbst eine Rabenmutter, aber ich nahm

ihr das nicht übel. Erstens gab es meine Großmutter, bei der ich die meiste Zeit verbrachte und die mich verlässlich liebte, und zweitens hatte meine Mutter wirklich kein Talent zur Häuslichkeit. Sie war unberechenbar, verrückt, aber vor allem war sie schön, sexy und wurde begehrt, von Frauen wie von Männern, ich begriff das früh und war stolz auf sie und ihren Ruf.

Über die Männer sprach sie nicht. Die krummen Dinger meines Vaters, die amourösen wie die kriminellen, verschwieg sie, und alles, was ich erfuhr, speiste sich aus Andeutungen, Anspielungen, aus dem Raunen, das die Gespräche der Erwachsenen begleitete. Es gab eine Geschichte, und diese Geschichte reichte zurück in eine Zeit, da ich noch nicht geboren war, von der ich mir keine Vorstellung machte, die andere aber am eigenen Leibe erfahren hatten. Wie hätte ich dieses Schweigen durchbrechen sollen? Mit welchem Recht? Das Kind verstand, warum es besser war, wenn ich mich wie alle anderen von meinem Vater fernhielt.

Und ganz selten kam die Rede doch auf ihn. Dann veränderte sich ihre Stimme, sie wurde grundsätzlich und hart. Sie glaubte keine Geschichte, nichts, das man von ihm hörte. Alles war Trickserei, er selbst ein notorischer, ein zwanghafter Lügner, der, weil er nicht anders konnte, dabei unschuldig war. Unfähig, sein Verhalten zu ändern, ein Charakter ohne Entwicklung, immer auf dieselbe Weise falsch und kriminell, und das würde er bleiben bis an sein Ende. Auch mich wollte sie von ihm fernhalten, sie wollte jeden Gedanken, jede Erinnerung an ihn vernichten. Das ging so weit, dass sie mir einen anderen Familiennamen gab, den Namen des Witwers. Das war nicht einfach ein Spitzname, nicht bloß ein Ruf unter Freunden, selbst in den offiziellen Listen fungierte ich unter diesem Pseudonym. In meinen Zeugnissen steht dieser falsche Name, und so werde ich niemals beweisen können, dass ich je die Schule besucht habe. Nur wenn wir eine Grenze überquerten, was selten vorkam, erschien mein wirklicher Name, dieses Geheimnis auf der Identitätskarte, für einen Moment dem Zöllner offenbart und gleich wieder in die Dokumentenmappe versenkt, die ich zu Hause manchmal aus der Schranktiefe zog und in einem stillen Winkel für mich bestaunte.

Mutters Bemühen war in weiten Teilen überflüssig, mein Vater wollte mich nicht erziehen, jedenfalls blieb dieser Ehrgeiz unsichtbar. Und doch erzog er mich, einfach durch die Mutter. Wenn sie fand, ich sei vom rechten Weg abgekommen, dann diente sein Bild als Menetekel, als Warnung, wohin dieser unrechte Weg führen würde. Aber ich glaubte ihr nicht. Das Gerede von Tugendhaftigkeit war Blödsinn. Ich sah, in welcher Welt sie sich selbst bewegte, ich kannte die Diebe, die Huren, die Schläger, die Betrüger, die Zuhälter, mit denen sie verkehrte. Unter ihnen war mein Vater keine Ausnahme, höchstens durch das Unglück und das Pech, das an ihm klebte. Für eine kriminelle Karriere, die diesen Namen verdiente, fehlten ihm Kraft und Talent. Das schien mir der wahre Grund gewesen zu sein, weshalb sie ihn hatte stehen lassen.

Sie suchte selbst die abseitigen Pfade, mit ihren Gefahren und Versprechen. Die Wege, vor denen sie mich warnte, verlockten, verführten und verdarben auch sie. Aber im Gegensatz zu meinem Vater war Mutter fleißig und tüchtig. Sie arbeitete hart, verdiente ihr Geld, in der Bar, später wusch sie Autos, stand an der Maschine in der Munitionsfabrik und arbeitete als Büglerin, eine Frau ohne Bildung, die sich abrackerte und immer den Weg zurück von den Ausflügen ins abschüssige Gelände fand. Aber vor allem, und das wusste ich sicher, hatte sie diesen Mann geliebt, und vermutlich liebte sie ihn immer noch. Als ich größer wurde und äußerlich meinem Vater zu ähneln begann, zerbrach ein Teil ihrer Rüstung. Mit mir hatte sie täglich das Begehren und die Gefahr vor Augen, die mein Vater darstellte, und ich höre sie noch, wie sie im Bahnhof auf dem Weg hinauf zu den Gleisen beteuert, er war wundervoll, er hat mich auf Händen getragen, ich wäre bei ihm geblieben, wenn er aufgehört hätte mit diesen Sachen. Sie sagte es, als sei ich er, als sei die Zeit zurückgedreht. Mich betrafen diese Geschichten wenig, ehrlich gesagt. Ich war mit den eigenen und vor allem mit ihren Katastrophen beschäftigt, nicht mit dem vergangenen, sondern dem aktuellen Unglück, und dafür machte ich sie verantwortlich. Meine Mutter reagierte gefährlich. Ich musste auf der Hut sein. Und schließlich weggehen und mich ihrem Einfluss entziehen.

Für diese Geschichte schämte ich mich nicht, aber ich behielt sie meistens für mich. Wenn ich darüber sprach, dann verkürzte, verdichtete, erweiterte, kurzum, gestaltete ich diese Geschichte, fasste zusammen, bis sie nur noch entfernt dem glich, was ich empfand und was ich erlebt hatte. Das war notwendig. Die Einzelheiten waren unzumutbar, die großen Zusammenhänge zu weitläufig. Die Kürze störte mich nicht. Ich litt nicht darunter. Ich dachte, es würde eines Tages Gelegenheit geben, die ganze, die große, die richtige und vollständige Geschichte zu erzählen. Wann dieser Tag kommen würde, war nebensächlich. Die Zeit war auf meiner Seite. Ich wollte meine eigene Geschichte schreiben, als Schriftsteller, aber noch hielt ich mich nicht für reif genug, diesem Übel eine Richtung zu geben, dem Zufall der Herkunft einen Sinn abzutrotzen, aus diesem Schrecken einen Gewinn zu ziehen. Und genau das war die Aufgabe. Eine Geschichte erzählen, das bedeutete zuerst, sich einer Verwandlung zu unterziehen. Sie konnte retten oder vernichten, weder für das eine noch für das andere gab es eine Garantie. Lange hielt ich den Schaden für wahrscheinlicher, und war nicht bereit, dieses Risiko einzugehen, hielt mich nicht für stark genug, und jetzt, da ich es war und ich diese Geschichte hätte erzählen können, gab es keine Notwendigkeit mehr dafür.

Manche Kisten öffnet man nicht einfach so, und ein Widerwille gegen die Herkunft befiel mich - nicht gegen meine eigene, nein, gegen die Idee der Herkunft als solcher, diese Obsession, sich über seine Vorfahren zu definieren. Sollte ich die Kiste einfach wegwerfen? Das wäre vernünftig gewesen. Fünfundzwanzig Jahre lang hatte ich sie nicht angeschaut. Sie war mehr Symbol als ein Archiv, ich erwartete vom Inhalt keinen Aufschluss, keine Erkenntnis, ich hätte sie ohne Verlust vernichten können, mehr noch, wenn sie in fremde Hände gekommen wäre, dann hätte sie Schaden anrichten können. Diese Kiste musste man lesen können, und auf eine eitle Weise hielt ich mich für den Einzigen, der dazu in der Lage war. Ich besaß die Informationen, die nötig waren, um diese Dokumente zu entschlüsseln, und war damit gleichzeitig Zeuge der Ereignisse und ihr Archivar. Beide, Zeuge und Archivar, bestanden darauf, die Kiste zu behalten. Die Spuren jener Zeit waren rar, und was selten ist, so die Logik, musste kostbar sein. Aber je länger ich mir darüber den Kopf zerbrach, umso rätselhafter wurde ich mir selbst. Diese Kiste stellte Fragen, und die wichtigste, die ich nicht beantworten konnte, war jene nach der Familie. Warum glaubte ich, zu dieser Familie zu gehören? Warum fühlte ich mich meinen Eltern verpflichtet? Sie hatten mir meine Existenz geschenkt, keine Frage, aber darüber hinaus hatte ich ihnen nur die negativen Beispiele zu verdanken. Als ich die Prüfung für das Lehrerseminar bestand, was mit meiner Schulbildung ein Wunder war, unterschlug meine Mutter die Stipendiengelder, haute ab, und ich landete auf der Straße. Mein Vater hatte mich besser behandelt, ihm war ich gleichgültig gewesen, er hatte sich nie für mich interessiert. Meine Eltern hatten mich geprägt durch ihr negatives Beispiel, nie hatte ich von meiner Familie etwas anderes erwartet als Ärger und Probleme, und ich schien, wenn ich die Bücher las, nicht der Einzige zu sein. Und wenn ich hörte, dass sich die Menschenrechte auf die Familie bezogen und die Familie die natürliche Kernzelle der Gesellschaft sei, dann war klar, warum es eben dieser Gesellschaft so dreckig ging. Was war also das Problem mit der Familie?

In der römischen Zeit bezeichnete Pater Familias den Herrscher einer sozialen und wirtschaftlichen Gemeinschaft, die nicht nach Abstammung definiert war. Diesem Pater gehörte Vieh, Frau, Kinder, Versklavte, über die er frei bestimmen konnte. Er war Richter und Henker seiner Sippe. Die Zwölftafelgesetze, der wichtigste juristische Kodex aus dem vierten Jahrhundert vor Christus, gaben diesem Familienvater mit der vitae necisque potestas die Macht über Leben und Tod aller, die ihm unterstanden, Frauen, Kinder, Versklavte.

Was sich eine Gesellschaft unter einer Familie vorstellt, lässt sich an ihrem Erbrecht ablesen. In Rom fand man nie zu einer verbindlichen Definition. Das dritte Buch der Institutiones von Gaius, einem römischen Juristen des zweiten Jahrhunderts, der für seine Einführung in das Recht berühmt wurde, beginnt mit dem Versuch, die verwandtschaftlichen Beziehungen zu bestimmen, und wirkt dabei unfreiwillig komisch.

«Als ordentliche Erben gelten Kinder, die dem Verstorbenen zum Zeitpunkt seines Todes unterstanden, wie z. B. ein Sohn oder eine Tochter, ein Enkel oder eine Enkelin von einem Sohn, ein Urenkel oder eine Urenkelin von einem Enkel, wobei es keinen Unterschied macht, ob diese Kinder leiblich oder adoptiert sind. Ein Enkel oder eine Enkelin und ein Urenkel oder eine Urenkelin sind jedoch nur dann als ordentliche Erben zu betrachten, wenn der vorangehende Grad nicht mehr unter der Herrschaft seiner Eltern steht, sei es durch deren Tod, sei es aus einem anderen Grund, z. B. durch Emanzipation; denn wenn der Sohn zur Zeit des Todes des Verstorbenen in dessen Macht stand, kann der Enkel dieses Sohnes kein richtiger Erbe sein; und wir gehen davon aus, dass dieselbe Regel für alle anderen Nachkommen gilt. Eine Ehefrau, die sich in der Hand ihres Mannes befindet, ist eine ordnungsgemäße Erbin, weil sie die Stellung seiner Tochter einnimmt; ebenso eine Schwiegertochter, die sich in der Hand seines Sohnes befindet, weil sie die Stellung einer Enkelin einnimmt; sie ist jedoch nur dann eine ordnungsgemäße Erbin, wenn der Sohn, in dessen Hand sie sich befindet, zur Zeit seines Todes nicht in der Gewalt des Vaters war. Die gleiche Regel gilt für die Frau, die sich aufgrund einer Heirat in der Hand eines Enkels befindet, weil sie an die Stelle der

Enkelin tritt. Auch posthume Kinder, die, wenn sie zu Lebzeiten ihrer Eltern geboren worden wären, unter deren Kontrolle gestanden hätten, sind ordnungsgemäße Erben.»

Man ahnt hinter diesen Zeilen die Intrigen, die Grausamkeiten, die Zerwürfnisse, die heute wie damals nach dem Tod des Erblassers die Familie zerrütteten. Erbstreitigkeiten können eine Gesellschaft zerstören. Jeder Staat hat ein Interesse daran, die Rechte und Pflichten eindeutig und verbindlich zu regeln, aber das römische Erbrecht fand nie zu einer Klarheit. Seine Entwicklung ist eine Anhäufung, ein alter Haufen, auf den die neuen Vorstellungen geworfen wurden. Davon bedienten sich die Juristen, bei der Tradition und beim neueingeführten Recht, gerade, was für das eigene Interesse passender war.

Für die Versklavten hatte man sich in Rom eine besondere Stellung im Erbrecht ausgedacht. Gaius kennt den «Necessarius heres», den Zwangserben. Das sei ein Sklave, der, ob er nun wolle oder nicht, nach dem Tode des Erblassers unmittelbar frei und Erbe werde. Und wann erließ der Erblasser ein solches Testament? Natürlich, wenn er überschuldet war. Denn im Gegensatz zu den Versklavten konnten die eigenen Kinder das Erbe ausschlagen. Für Gaius war der Ehrverlust durch die «venditio bonorum», die antike Insolvenz, nicht hinnehmbar. Die Schande sollte auf den Versklavten fallen.

Frei und verschuldet: Diese Dialektik kannten wir auch zweitausend Jahre später noch. Die Privatverschuldung in den westlichen Gesellschaften war eine der Grundlagen ihres wirtschaftlichen Erfolges. Für die Menschen blieb die Freiheit wirtschaftlich gefesselt. Ich musste das Erbe schriftlich und förmlich ausschlagen, bis auf Widerruf ging der Staat davon aus, dass ich für die offenen Forderungen meines Vaters einstehen würde, und ich erinnere mich an die Scham, die mich dabei befiel. Es war demütigend, seine Schulden nicht bedienen zu können. Auch in meiner Gesellschaft, zweitausend Jahre nach dem lieben Gaius, blieb der Privatkonkurs ein Kainsmal. In der Anerkennung der Schulden zeigte sich eine ethische Norm, deren Verletzung nicht nur rechtlich-administrativ sanktioniert wurde. Der Schuldner verlor seine Glaubwürdigkeit und war von der Gesellschaft ausgeschlossen.

Im Oktober 1994, drei Jahre vor seinem Tod, schuldete mein Vater den Banken, dem Staat und den Vermietern vier Jahreslöhne. Er war bankrott. Der Amtsanzeiger teilte der Öffentlichkeit den neuen Stand meines Vaters mit. Ein Privatkonkurs war fatal, ein vorgezogener, ein sozialer Tod. Die Institutionen vollzogen dieses Geschäft kalt und ohne Hass. Der Konkursbeamte unterschrieb die «Anzeige betreffend Auflegung des Verteilungsplanes (Art. 87 KOV)» mit «freundlichen Grüssen», und nach diesem sozialen Todesurteil ging er ohne Groll in den Feierabend und verschwendete an die Sache meines Vaters keinen weiteren Gedanken.

Für das Taxi-Unternehmen, die Molkerei, das Elektrofachgeschäft und die privaten Gläubiger sah die Sache ganz anders aus. Sie nahmen es persönlich, sehr persönlich. Dafür fand ich in der Kiste reichlich Zeugnisse, deren Aufsässigkeit und Gehässigkeit schon in der äußeren Gestaltung deutlich wurde, etwa ein Dutzend farbiger Zettel, alle identisch, fotokopiert, mit denen ein unbekannter Gläubiger meinen Vater an eine offene Schuld erinnerte. Sie betrug fünfzig Franken. Und ein gewisser Wuffler schrieb dem säumigen Zahler ebenfalls eine Notiz, eine einzige nur, in der er formvollendet und mit ätzender Freundlichkeit nicht nur den Ausstand mahnte, sondern gleichfalls eine Reihe von Lügen aufzählte, die mein Vater ihm aufgetischt haben musste. Sein angeblicher Arbeitgeber habe noch nie von ihm gehört, der Polizei allerdings sei er wohlbekannt, und nun erwarte er die «blitzartige» Zahlung. Der Konkursrichter hatte unvergleichlich mehr Macht als dieser Wuffler, der seine Hilflosigkeit mit rhetorischen Stichen kompensierte. Diesem Gläubiger konnte mein Vater jederzeit auf der Straße begegnen, ihm oder einem gewissen Mühlemann, der Wufflers Wisch als Zeuge mitunterzeichnet hatte. Auch hier war der geschuldete Betrag, der all dies nötig machte, lächerlich gering, dreißig Franken. Ein Gemeindeangestellter wie Wuffler verdiente dies in weniger als einer Stunde.

In dieser ganzen trübseligen Korrespondenz fiel die Beflissenheit der Gläubiger auf. Die Konten wurden säuberlich geführt, die Zinsen ordentlich nachgetragen, kein Betrag war zu klein, um in Erinnerung zu bleiben. Mit Sorgfalt kümmerte man sich um das Geld, und Wuffler muss seine dreißig Franken geliebt haben, nach der Mühe zu urteilen, die er darauf verwendete, sie zurückzubekommen.

Er hatte sich an die Schreibmaschine gesetzt, einen Umschlag und einen Bogen Papier eingespannt an einem Montag im Januar 1997, Wuffler legte sich ins Zeug, formulierte fehlerfrei und anschaulich, setzte sogar die Satzzeichen ein, vor allem Ausrufezeichen, um seinem Schreiben Nachdruck zu verleihen. Es ging nicht um den Betrag, es ging ums Prinzip, und er war klug genug, keinen Absender anzugeben und den Umschlag nicht zu beschriften. Mein Vater hat Wufflers Brief gelesen, und das war nicht selbstverständlich, wenn man den Stoß mit den ungeöffneten Schreiben in der Kiste sieht. Genützt hat es Wuffler am Ende nichts. Auch er hat den Ausstand abschreiben müssen.

Ich war mit meinem Brief an den Regierungsstatthalter aus dem Schneider, wie man sagt. Wer immer meinem Vater Geld geliehen oder eine Sache auf Kredit überlassen hatte, der schaute nun in die Binsen, der musste seine Investition auf null abschreiben. Sie hätten sich früher überlegen sollen, ob sie mit meinem Vater Geschäfte machen wollten oder nicht, und wenn sie ihm Kredit gewährt hatten, dann freiwillig und um das Risiko wissend. Das war im Einzelfall gewiss unangenehm, keine Frage, aber so lauteten die Spielregeln in unserer Marktwirtschaft. Tote bezahlen ihre Schulden nicht. Sie hinterlassen Kosten, für die jemand aufkommen musste.

Auch deswegen war eben diese Marktwirtschaft ins Gerede gekommen. Der gute Ruf war ramponiert. Zu viele Tote hinterließen ihren Erben zu hohe Kosten, in ganz anderen Dimensionen als die Schulden meines Vaters. Seit den Anfängen hatte es am Markt Kritik gegeben, aber jetzt standen er und seine Mechanismen nicht nur in einer politischen oder rechtlichen Auseinandersetzung. Jetzt ging es um die Existenz. Die Biosphäre unseres Planeten war beschädigt. Meine Gesellschaft zerstörte unsere Lebensgrundlagen. Die Marktwirtschaft hatte Wohlstand gebracht; nicht allen, aber jene, die leer ausgingen, erhielten wenigstens das Versprechen auf Prosperität. Und auch wenn es oft ein leeres war, so war es doch entscheidend wichtig für die Macht und die Kraft der Ökonomie. Sie lebte von der Anstrengung, der Konkurrenz. Aber jetzt erkannten wir: gerade der Wettbewerb führte zum

Kollaps. Was ein Segen gewesen war, wurde jetzt zum Fluch. Das war die Falle, in der wir saßen. Ausflüchte gab es keine. Die Daten und die Wissenschaft ließen keinen Zweifel: Die Menschheit war da bei, sich zu verheizen, sich und den Planeten. Wir brauchten Lösungen, und wir brauchten sie jetzt, andernfalls würde uns das Licht ausgehen, buchstäblich. Nicht wenige meinten, und es waren nicht die Unvernünftigsten, es sei zu spät, die Lichter seien erloschen, wir sähen nur noch das Nachglimmen auf der Netzhaut, und das Einzige, was wir versuchen könnten, sei, uns in der Dunkelheit auf dem Weg zur Hölle nicht am Kopf zu stoßen.

Der Druck stieg. Die Fragen wurden unangenehmer, drängender, und weil die Wirtschaft Wissen, Sprache, Denken und Handeln definierte, wurden die Widersprüche größer. Der Wortschatz, das Leben, die Wahrheit: alles hatte sich zu erklären. Und unter diesem Druck begannen auch die Bücher zu ächzen. Sie hatten jahrhundertelang meiner Gesellschaft die Grundlagen geliefert. Kein Denken ohne Bücher, keine Wissenschaft ohne Bücher, kein Stand, kein Geld ohne Bücher, gar nichts ohne Bücher! Sie enthielten das Wissen, durch das ein Mensch meiner Gesellschaft erst Erfolg haben konnte. Wer etwas erreichen wollte auf legalem, friedlichem Weg, der musste sich an die Bücher halten. Das galt auch für mich. Wenn es einen Faktor gab, der mich von meinem Vater und all den Freunden unterschied, denen die Flucht nicht gelungen war, dann war es die Lektüre. Meinen Erfolg konnte man an den Büchern in meinen Regalen messen. Sie waren Ursache und Garanten meiner Zugehörigkeit gewesen.

Natürlich gab es Unterschiede. Nicht alle Bücher versprachen denselben Erfolg. Meine Kenntnis der japanischen Literatur zum Beispiel hatte wenig Geld gebracht, aber doch mein Ansehen in bestimmten Kreisen gesteigert. Andere hingegen, wie die Lektüre der Volkswirtschaftslehre von Samuelson, brachten jeden Tag Gewinn, selbst dann, wenn ich deren Inhalt ablehnte oder sogar hasste. Erfolg, daran bestand kein Zweifel, hing entscheidend von Büchern ab, nur war die Definition dieses Erfolgs plötzlich ins Gegenteil verkehrt. Jetzt bedeutete Erfolg Untergang, und es war nur folgerichtig, wenn man sagte: Auch der Untergang hing von den Büchern ab. Es ging ihnen nicht gut, ganz einerlei, was in ihnen stand. Sie hatten viel erlebt in den letzten Jahrzehnten. Das ruhige Dasein in öffentlichen Bibliotheken gehörte der Vergangenheit an. Bücher waren technologisch nicht auf der Höhe. Sie passten nicht in unsere Zeit. Der allgegenwärtige Zweifel hatte auch sie erfasst, und auch ich schaute nun mit anderen Augen auf die Bände in meiner Bibliothek.

Jetzt fand ich manchen groben Unfug, Blödsinn und Quatsch darin. Das war an sich kein Problem, beunruhigend war nur, dass ich Fragen hatte zu Büchern, die mich und viele andere früher überzeugt und deren Inhalt ich akzeptiert hatte. Es war keine zentrale Idee, nicht der eine Gedanke, der den Zweifel brachte. Es waren die kleinen Widersprüche, die schlecht verwischten Spuren, die billigen Tricks, die mich beunruhigten und verletzten.

Nicht der Inhalt irritierte mich, sondern die Art und Weise, wie erzählt wurde. Ich sah Sprechweisen, Haltungen, Verkleidungen, und worüber die Schreibenden auch reden oder schweigen und sosehr sich widersprechen mochten: ihre Bücher waren alles Zeugnisse für die herrschenden Verhältnisse, für die Welt, in die hinein diese Bücher geschrieben wurden und in der sie gedeihen oder untergehen mussten.

Menschen suchten nach Orientierung im Chaos der Existenz. Sie brauchten Erzählungen, um die verwirrende Vielfalt der Welt und die unvorhersehbaren Ereignisse in einen Zusammenhang zu bringen. Bloß schienen die Zusammenhänge, die meine Gesellschaft herstellte, und damit ihre Orientierung geradewegs in den Untergang zu führen.

In den historischen Werken fand ich nicht mehr die Beschreibung einer Wirklichkeit, sondern deren Erfindung und das Interesse hinter dieser Erfindung. So hatte es ein einheitliches Volk mit dem Namen «Germanen» offenbar niemals gegeben. Erfunden hatte die Bezeichnung Gaius Julius Cäsar in seinen «Commentarii de Bello Gallico». Diese zweitausend Jahre alte, aber immer noch ziemlich erfolgreiche Erzählung, hatte wenig mit der Wirklichkeit zu tun. Aber das war auch nie ihre Absicht gewesen. Gerade Feldherren waren auf Propaganda angewiesen.

Es war töricht, das Geschreibsel eines Militärs über seine Gegner als wissenschaftlichen Bericht zu lesen. Gerade in jenen Tagen meiner Lektüre machte der russische Diktator durch seine geschichtsphilosophischen Ergüsse deutlich, dass die Macht sich die passenden Wahrheiten sucht und immer Gründe findet für ihre Blutbäder.

Natürlich war dies der Geschichtswissenschaft bewusst. In meiner deutschsprachigen Ausgabe wies die Herausgeberin darauf hin, wie unzuverlässig Cäsars Kriegsbericht sei. Wie es unter Philologinnen Sitte ist, gab sie eine Quelle an, die ihren Befund belegte, die «Germania» von Tacitus, der ausführlichste Bericht über die Germanen, der uns aus der Antike überliefert ist – und genauso erstunken und erlogen wie der Bericht des Feldherrn. Aus der verwirrenden Vielfalt der Menschen jenseits des Limes wollten diese Bücher eine Einheit zimmern, die es in Wirklichkeit nicht gab. Sie dienten der Konstruktion von Identität. Das Militär homogenisierte, definierte, erteilte Befehle und erwartete Gehorsam.

Wie gefährlich diese Konstruktionen waren, hatte meine Gesellschaft längst begriffen – der mörderische Höhepunkt war der Germanenkult im Nationalsozialismus. Der Begriff der Germanen und sein Mythos waren in unzähligen Studien in ihre Einzelteile zerlegt, trotzdem lebten beide fort. Historische Museen, die in ihrem Katalog darauf hinwiesen, dass es die Germanen niemals gegeben habe, widmeten ihnen eine Ausstellung. In Nürnberg gab es weiterhin das «Germanische Nationalmuseum», das sich dem Zeitgeist gemäß als kulturvergleichend definierte, als Museum der europäischen Kulturen, die hier, ganz der Methode Cäsars gemäß, unter dem Begriff des Germanentums zusammengefasst wurden. Die Erzählung stiftete weiterhin Identität, obwohl alle wussten, wie wenig vorteilhaft diese war, wie vergiftet und belastet.

Offensichtlich hatten die Menschen des neunzehnten Jahrhunderts die Notwendigkeit verspürt, in ihrem Bedürfnis nach nationalstaatlicher Identität ein Volk zu erfinden, von dem sie abstammten, aber welchen Nutzen konnte diese Erfindung in unseren Tagen haben? Was damals nützlich hatte sein mögen, war schädlich geworden. Die Begriffe hatten sich ins Gegenteil verkehrt. Was den Wohlstand mehrte, führte in den Untergang, was Sicherheit versprach, entpuppte sich als tödliche Gefahr. Eine allgemeine Entwertung bis zum Bankrott stellte ich fest, und je mehr ich meine Kultur und meine Welt taumeln sah, umso mehr stellte sich die Frage, was Bestand haben mochte, was zu bewahren sich lohnte, wo die Wahrheit lag in diesen Universen aus Täuschung und Lüge.

Gültigkeit behielten die dunklen Aphorismen, die vieldeutigen Prophezeiungen. Die westlichen und die östlichen Mystiker kamen rasend um die Ecke, die Heraklits und die Gautamas, und die Ankunft dieser Herren kündigte immer vom Zwielicht einer Kultur, die sich im Dunklen gefällt, im Obskuren, und die sich in den Dämmergebieten der menschlichen Existenz zu Hause fühlt. Aber zu ihnen wollte ich mich nicht gesellen, schon allein, weil ich mich dann ausschließlich unter Männern wiedergefunden hätte, in einer besonders säuerlichen Form der Virilität, die sich gefällt in den Heldenrollen und der Opfermystik. Wenn aber die Welt besoffen ist, bedeutet Nüchternheit Widerstand, mit dem ich es allerdings auch nicht übertreiben wollte.

Die Dystopien im Regal lachten sich ins Fäustchen. Sie hatten es ja längst gewusst. Wahrheit war Lüge, Freiheit war Sklaverei, und Unwissenheit war Stärke. Was an die Vernunft appellierte, drehte sich schamhaft weg, verzog sich in eine Höhle und wartete auf den nächsten Frühling. Alles, was einen Zusammenhang behauptete, entpuppte sich als Phantasterei, und gerade das Nachvollziehbare war allzu oft ein wahnhaftes Konstrukt, das Protokoll einer Raserei, die blind machte.

Von allen Büchern, die in meiner Bibliothek standen, gab es nur eines, das in der Bedeutung für meine Gesellschaft der Bibel gleichkam, und es war ausgerechnet ein Buch, das die Herkunft zum alleinigen Inhalt hatte, die Herkunft des menschlichen Geschlechts, es war ein Buch über die Zugehörigkeit, über die verwandtschaftlichen Verhältnisse, über die Familie, erschienen am 24. November 1859, es war natürlich «Über die Entstehung der Arten» von Charles Darwin.

Wir tragen sie mit uns, ich und die anderen westeuropäischen Menschen, und obwohl die Zahl jener, die Darwins Abhandlung auch tatsächlich gelesen haben, unbekannt ist, glauben wir alle an seine Botschaft, oder besser gesagt: wissen alle, wie zutreffend Charles Darwin das Prinzip der Evolution dargelegt hat und es daran nichts zu rütteln gibt. Es ist die ultimative Klärung der Herkunft eines jeden Organismus, ob menschlich oder nicht. Wer an Darwin zweifelt, hält womöglich die Erde für eine Scheibe und denkt, Gott der Herr habe alles Gezücht und Geviech und Geschmeiß in einer Sechstagewoche von Montag bis Samstag auf die Erde geworfen.

Evolutionäre Prozesse erkennen wir in mehr Disziplinen, nicht nur in der Biologie, auch in der Psychologie und sogar in den Sprachwissenschaften. Sprachen und Viren teilen einige evolutionäre Eigenschaften, auf beide können Darwins Prinzipien angewandt werden: Selektionsdruck, zufällige Mutation, kein fester Zustand, ein Prozess, eine Verteilung, eine Verwandlung ohne Ende, ohne Abschluss.

«Über die Entstehung der Arten» ist eine bedrückende Lektüre. Darwin beschreibt die Auslese genau. Er schreibt über Kiefern, über Parasiten, über Orchideen, über Finken natürlich, und doch beschreibt er mit ihrem Beispiel nur immer sein Prinzip. Zu allem Unglück schreibt er anschaulich, lebendig, sein Datenmaterial scheint unerschöpflich, kurz und gut: Das Buch ist überzeugend. Und es ist in weiten Teilen ein Kriegsbericht. Die Natur ist abwechslungsweise ein Schlachtfeld, ein Friedhof, ein Schlachthof und ein Bordell. Die Grundlage des Daseins sei die millionenfache Vernichtung des Lebens, erst daraus könnten sich die Tüchtigsten erheben.

Ich besitze eine deutsche Ausgabe, ich besitze sie seit dreißig Jahren, und sie ist bis heute lieferbar. Sie ist im Jahre 1963 zum ersten Mal erschienen, mein Exemplar ist ein Nachdruck aus dem Jahr 1984. Das Nachwort verfasste ein gewisser Gerhard Heberer für das hundertjährige Jubiläum 1959. Es ist nicht frei von Pathos, von Heroismus gar. Darwin, der schöpfende Zerstörer, wird gefeiert und gegen Kleingeister verteidigt. Für Irrtümer und Schrecken wie Marxismus oder Bismarck'sche Angriffskriege sei der Darwinismus nicht verantwortlich. Heberer schließt fast keusch vor Tugend:

«Sorgen wir dafür, dass das mit dem Jahre 1959 begonnene Jahrhundert ein Jahrhundert mit Darwin wird! Denn die Selektionstheorie bietet der Menschheit die Chance für ihre biologische Zukunft.»

Nun mag da der eine oder die andere sogar heute eifrig nicken. Herr Heberer war vor 1945 lupenreiner Nazi, ein führender Rassentheoretiker, angestellt im Rasse- und Siedlungshauptamt der SS, Mitglied der SS-Forschungsgemeinschaft «Ahnenerbe». Von der Entstehung dieser Art steht nichts in meiner Reclam-Ausgabe. In einer Volksausgabe feiert ein Nationalsozialist vierzehn Jahre nach Kriegsende eines der wichtigsten Werke der Wissenschaftsgeschichte, «Die Entstehung der Arten» von Charles Darwin. Was das wohl bedeuten mag?

Ist es Opportunismus? Ist es innere Verwandtschaft, ist es Familie? Oder ist es Zufall und hat keine Bedeutung?

Ich hatte das Pech, dass mein rechtes Knie nicht mehr wollte. Ich hatte das Glück, auf einen Spezialisten zu stoßen, auf einen Orthopäden. Was er mir sagte, überraschte mich. Ich solle aufhören, über mein Knie nachzudenken. Was ich als «Knie» bezeichne, sei ein Funktionszusammenhang zwischen Oberschenkelknochen und Schienbein, ihrerseits Elemente in einem Bewegungsapparat, der nur als Ganzes zu verstehen sei, als Körper, der wiederum nur begriffen werden könne durch seine Umwelt. Der Arzt, ein Vertreter der Schulmedizin, weder Marabout noch Heiler, verwies mich auf das Universum, auf die Tatsache, dass mein Körper mit dem Kleinsten und mit dem Größten verbunden sei.

Wer findet, das rieche nach einem Freizeitpfaffen, der mag daran denken, wie wenig einem Menschen mit Knieproblemen geholfen werden kann, wenn man keine Ahnung von der Gravitation hat, von der Schwerkraft also, die doch, ohne Zweifel, auch für Sonne und Mond und sogar für Schwarze Löcher gemeinsamer Bezugspunkt ist und nicht nur für Seelsorger eine Bedeutung hat.

Aber «Spezialist für Schwerkraft» kann er sich nicht auf die goldene Tafel an seiner Tür schreiben. Nein, er ist Orthopäde, mit einem hervorragenden Ruf. Deshalb ging ich zu ihm, und ich wusste, dass er in seiner Disziplin ein Meister war, weil er sich spezialisiert hatte. Eines Tages hatte er aufgehört, Ellbogen zu betrachten, und studierte seither ausschließlich Kniegelenke, Hunderte, Tausende Menisken und Kapseln hatte er gesehen, Bänder auch, immer nur die Articulatio genus, von alten, von jungen, von sportlichen oder von verletzten Menschen, einerlei, solange es diese spezifischen Dreh-Scharnier-Gelenke waren, kam er in seiner Kenntnis vorwärts.

Das ist die Methode der positivistischen Wissenschaft, die Methode Darwins. Er hat viele Finken angeschaut. Allein die Einordnung der Rankenfußkrebse hat ihn acht Jahre gekostet. Sein Buch ist eine Sammlung von Beweisen. Aber diese Beweise bereitete er nach erzählerischen Kriterien auf. Was seine Erzählung nicht darstellen konnte, musste unerwähnt bleiben, und er war sich der Probleme, die dadurch entstanden, sehr bewusst. «Versuchen wir uns einmal vorzustellen, daß wir irgendeiner Art einen Vorteil über eine andere einräumen wollten. Vielleicht wüßten wir in keinem Falle, was zu tun wäre. Aber jedenfalls würden wir uns überzeugen, daß wir von den Wechselbeziehungen der organischen Wesen so gut wie gar nichts wissen, eine Überzeugung, die ebenso nötig wie schwer zu erwerben ist. Alles, was wir tun können, ist: stets im Gedächtnis behalten, daß jedes Lebewesen eine Vermehrung im geometrischen Verhältnis anstrebt und daß jedes in einer gewissen Zeit seines Lebens, in einer gewissen Jahreszeit, während einer bestimmten Generation oder sonstwie den Kampf ums Dasein führen muß und starken vernichtenden Einflüssen ausgesetzt ist. Denken wir über diesen Punkt nach, so können wir uns mit dem festen Glauben trösten, daß der Krieg der Natur nicht ununterbrochen andauert, daß kein Geschöpf Furcht vor ihm empfindet, daß der Tod gewöhnlich rasch kommt und daß der Kräftigste, Gesündeste und Glücklichste die andern überlebt und sich fortpflanzt.» Darwin wollte von seiner Zeit verstanden werden, und da seine Erkenntnis revolutionär war, wählte er eine bekannte, vertraute Form, damit die Menschen sie verstehen konnten. Sein Singsang ist vertraut, die Tonalität bekannt. Er hat das Werk geformt nach dem Geschmack der Zeit. Auf diese Tatsache hat man gelegentlich hingewiesen, oft in verschämtem Tonfall. Kein vernünftiger Mensch will in den Ruch kommen, er stelle sich gegen Darwin, und so hat man die narrativen und performativen

Aspekte seines großen Werkes kaum zur Kenntnis genommen.

Darwin beschreibt das Verhältnis in der Natur, die Interdependenz, die wechselseitigen Beziehungen zwischen den Arten als fragiles Gleichgewicht. Darwin zerteilt die Welt in Arten, in Individuen. Er beschreibt nicht den Zusammenhang, und wenn, dann in den Parametern Selektionsdruck, Vernichtung und Vermehrung. Kooperation kommt nicht vor, eine Wissenschaft der Zusammenarbeit hat er nicht entwickelt. Er hat diesen Zusammenhang gesehen, aber er konnte ihn nicht darstellen, nicht mit den Mitteln seiner Erzählform. Seine Erkenntnisse sind ein Spiegel seiner Zeit, seiner Phantasmen, seiner Obsessionen. Seinem Kollegen und Mitstreiter Thomas Henry Huxley offenbart Darwin in einem Brief aus dem September 1857, zwei Jahre vor der Publikation von «Über die Entstehung der Arten», einen Wunsch: «The time will come I believe, though I shall not live to see it, when we shall have fairly true genealogical trees of each great kingdom of nature.»

Wer die Natur als Königreich ansieht, wird sie dynastisch begreifen, als Herrschaft, er wird die Kämpfe um die Macht darstellen, und das hat Darwin getan, präzise, gültig.

Aber die Natur hat keinen König, sie ist kein Reich, niemand herrscht, auch nicht der Mensch, obwohl dieser Glaube kaum auszurotten ist. Darwin, der Theologe, hat die christliche Herrschaft in eine andere, eine evolutionäre Herrschaft übersetzt. An der Macht blieb der Mensch, er ließ es sich gefallen.

Die Frage der Herkunft, woher wir als Menschen kommen und zu welcher Familie wir gehören, ist nicht beantwortet und beschäftigt die moderne Wissenschaft bis heute.

Erst vor wenigen Jahren fasste man uns mit den Schimpansen und den Gorillas zu den Homininae zusammen. Und in der Taxonomie streitet man sich über die Frage, ob die so genannten Archaebacteria ein eigenes «Reich» bilden – und wieder benutzt man Begriffe, die einem vertraut sind, um im Chaos des Lebens eine Ordnung zu sehen, in der man sich orientieren kann.

Gefangen in einer Erzählform, in den Narrativen der Gesellschaft, die prägt und eine bestimmte Sichtweise erzwingt, war auch Claude Lévi-Strauss. In seiner Einführung zur «Geschichte der Familie» im Jahre 1986 enthüllt er dies mit einem einzigen Wort.

Der Völkerkundler, oder, wie man später sagte, der Ethnologe, oder, wie man heute sagt, der Sozialanthropologe, gewiss einer der bedeutendsten und folgenreichsten, beginnt seine Betrachtung der Familie mit einem Streit in seinem Fach. Die Familienforschung, so Lévi-Strauss, teile sich in Horizontalisten und in Vertikalisten. Die einen würden die Kleinfamilie in den Mittelpunkt ihrer Betrachtung stellen und als Treiber der Geschichte verstehen, die anderen die Dynastien, die Dauer eines Verbandes durch die Zeit.

Lévi-Strauss spricht von der doppelten Natur der Familie. Sie gründe nicht nur auf biologischen Notwendigkeiten, sie sei gleichzeitig sozialen Zwängen unterworfen. Und er subsumiert diese Erkenntnis wie folgt:

«Keine Gesellschaft, ebensowenig die Menschheit, könnte existieren, würden Frauen keine Kinder gebären und hätten sie als Schwangere und bei der der Ernährung und Erziehung keinen männlichen Schutz.»

Beinahe könnte die Aussage richtig sein, wenn dieses Adjektiv «männlich» nicht in die Quere käme, das aus dem Sinn einen blanken Unsinn macht. Selbstverständlich braucht eine Schwangere Schutz. Selbstverständlich muss er nicht männlich sein. Sicherheit, Oikos, Geborgenheit sind nicht männlich, sie sind menschlich und eine existenzielle Notwendigkeit. Lebewesen sind angewiesen auf Fürsorge, auf Zusammenhalt, auf Verlässlichkeit, auf Treue, Freundschaft und Liebe. Der Ethnologe aber macht aus diesem Bedürfnis ein patriarchales System, er leitet daraus eine Herrschaft ab.

Man mag Lévi-Strauss verteidigen, indem man behauptet, als Wissenschaftler beschreibe er die Wirklichkeit, wie er sie vorfinde. Und in dieser Wirklichkeit, in dieser Gesellschaft, sei der Schutz männlich. Aber das ist unsinnig, weil unvollständig. Denn tatsächlich halten nicht nur Frauen und Männer zueinander, sondern ebenfalls Schwestern, Cousinen, Nachbarinnen, Tanten, Großmütter. Es gibt keine Gesellschaft ohne Frauen, und doch schließt der Ethnologie sie mit einem Satz als Handelnde aus.

Was wollen wir vom Rest dieser «Geschichte der Familie» erwarten, wenn bereits der Einführungstext an der eigenen Überheblichkeit scheitert? Oder ist es ungerecht, ein Werk auf ein Adjektiv zu reduzieren?

Das wäre es, wenn die Kritik das Buch von Lévi-Strauss als Ganzes für ungültig erklären würde. Dabei beschreibt dieses Werk ein Problem sehr genau: So etwas wie eine Familie gibt es in der Wirklichkeit nicht, und wer immer sie zu konstruieren versucht, verfolgt damit ein Interesse.

Jede Verwandtschaftsbezeichnung ist willkürlich. Allgemeingültige Systeme finden zu wollen ist müßig. Überblicksdarstellungen wirken oft unfreiwillig komisch. Kauderwelsch droht ständig, eine Gefahr, die den Forschenden nur allzu bewusst ist, und doch können sie es nicht lassen, wie in diesem Beispiel einer berühmten Gelehrten:

«Bei den Irokesen und Huronen nennen alle Kinder eines Wigwams alle Mutterschwestern Mutter und alle Mutterbrüder Onkel; aus demselben Grund nennen sie alle Vaterbrüder Vater und alle Vaterschwestern Tante. Alle Kinder der Mutter und der Mutterschwestern sowie des Vaters und der Vaterbrüder betrachten einander als Geschwister ...», und die Autorin fügt mit ernster Miene hinzu, dass jede Beschreibung «exotischer» Familiensituationen sofort die Realitäten verfehle, wenn wir dazu auf unsere eigenen Verwandtschaftsbezeichnungen zurückgriffen.

Meine Mutterschwester nannte ich nicht Tante, ich nannte sie Gotte, was in meinem Idiom Patentante bedeutet. Meine Mutter rief sie mit ihrem Eigennamen und nannte sie niemals Schwester. Der Mann meiner Mutterschwester war für mich ein Onkel, allerdings ein besonderer, ein ironischer Onkel. Die Stiefvaterschwestern hingegen, obwohl ebenso wenig blutsverwandt, waren hundertprozentige Tanten, mit allem Tantenhaftem ausgestattet, was man sich wünschen konnte, liebenswert, eigentümlich und etwas schrullig.

Ich weiß nicht, wer sich in den Modellen der Sozialanthropologie wiederfindet. Vielleicht nur die Forschenden selbst in ihrem Anspruch, das Chaos der menschlichen Beziehungen zu ordnen.

Die Ergebnisse dieser Forschungen wirken durch ihre erzählerische Kraft, sie sind überzeugend wie Darwin und ebenso deprimierend. Die Expeditionen in die Familienverhältnisse sind eine Auseinandersetzung mit den schrecklichsten Seiten der menschlichen Existenz. So rekonstruiert eine Autorin anhand einer Studie über Kindsmörderinnen auf dem Lande die soziale Struktur der bäuerlichen Unterschicht - natürlich mit verstörenden Ergebnissen. Die Not der Frauen, die Not am Kinde, nirgends eine Perspektive, der leidvollen Existenz zu entkommen, der Armut, dem Hunger, der Gewalt. Die Beziehungen zu den eigenen Nachkommen stehen unter dem Druck des Überlebens. Der Tod ist allgegenwärtig, die Beschreibung der Lebensumstände eine Beschreibung der Ungerechtigkeit, der Erbarmungslosigkeit einer Gesellschaft ohne Sozialstaat, ohne Fürsorge, ohne Sicherheit.

So anschaulich sie ist, so genau in der Anamnese, in den Herleitungen, so sicher scheitert diese Forschung an einem bestimmten Umstand. Er wird beiläufig in einem Aufsatz formuliert, der merkwürdigerweise und ausgerechnet Geschwisterbeziehungen in einem egalitären Vererbungssystem untersucht. Es scheint nämlich in Frankreich, genauer in der Bretagne, eine Gegend zu geben, wo es verboten ist, einen Erben vor allen anderen zu begünstigen. In dieser Arbeit steht, was in jeder dieser Untersuchungen, in jeder Arbeit zuoberst stehen müsste:

«Zunächst müssen wir die Taglöhner von der Beschreibung ausschließen, jene etwa 40% der Bevölkerung im 19. Jahrhundert, die ihren Kindern nichts zu vererben hatten. Da der Fiskus nichts zu besteuern hatte, gibt es auch keine Übertragungsurkunden, die sie betreffen. Sie sterben ohne materielles oder soziales Kapital, und die Zehnjahrstabellen des Katasteramtes verzeichnen hinter ihrem Namen mitunter die Bemerkung ‹bedürftig›.»

Die Armen sind kein Teil dieser Geschichte. Es hat sie natürlich gegeben, wer könnte das abstreiten. Meinen Vater hat es gegeben, auch wenn von ihm jetzt nichts mehr übrig ist. Und doch hat er gelebt, geliebt, geträumt, gearbeitet, gehofft, gelitten und wieder gehofft. Für uns hat es die Taglöhner von damals nie gegeben, weil wir über sie keine Dokumente besitzen. Für die Zeitgenossen allerdings existierten sie sehr wohl, mehr noch: Die Gesellschaft war auf das Landproletariat angewiesen, auf die Gütler, Holzarbeiter, Schuster, Schreiner, Spengler. Jemand musste das Korn säen, ernten, mahlen und zu Brot verbacken, und wer immer sich zum Beispiel in eine Kneipe setzt, der wird nicht bemerken, dass die Toiletten geputzt sind. Es versteht sich von selbst, dass jemand diese Arbeit verrichtet. Der westeuropäische Mensch kennt die Namen dieser Menschen nicht, aber er lebt mit ihnen, er hängt von ihnen ab, und das betrifft wichtigere Dinge als das saubere Klo. Wenn er mit sich ehrlich ist, dann weiß er, wie wenig sich der Zustand seiner Gesellschaft an ihm selbst, dem Wohlbestallten, und wie sehr er sich misst am Leben dieser Menschen, am Leben derer, die für ihn die Drecksarbeit erledigen.

Und Drecksarbeit gibt es genug. Aber das soll hier nicht das Thema sein. Die Frage ist auch nicht, was wir mit einer Sozialanthropologie machen, die von vornherein fast die Hälfte der Bevölkerung aus der Betrachtung ausschließt. Es geht hier auch nicht darum, den Sinn und die Notwendigkeit und die Erfolge der Sozialanthropologie zu erörtern. Es geht um die Frage, wie sehr wir unseren Disziplinen und Methoden vertrauen können. Es geht um die Frage, was wir eigentlich wissen, was wir mit unserer Sprache darstellen und vor allem: was wir verschweigen und warum.

Es gibt die Wirklichkeit, und es gibt die Sprache, und wie das eine vom anderen unterschieden ist, das bleibt ganz grässlich ungewiss.

Die Geschichte ist gleichzeitig Objekt und Subjekt. Die Geschichte entsteht durch sich selbst. Das klingt unheimlich, aber es steckt kein Spuk dahinter, sondern bloß eine Erfahrung, die Menschen bereits als Kinder machen, im Spiel der Repräsentation, das eine neue Wirklichkeit setzt: Ich wäre jetzt der Kapitän, du mein Matrose, und dieser Stuhl hier wäre unser Schiff!

Und doch: Es muss einen Unterschied geben. Schließlich gibt es mich in dieser Welt. Das sind zwei verschiedene Dinge, die Welt und ich. Die Sprache gehört zu mir, sie hat ihre Herkunft im Menschen. Wenn es eine Welt gäbe ohne Menschen, dann wäre es eine Welt ohne Sprache, und das zu denken muss einem Menschen Kopfschmerzen bereiten. Das Denken gibt es nur, weil es eine Sprache gibt, und folglich ist das Eine ohne das Andere nicht zu haben. Und so weiß man nie, was von einer Welt ohne Menschen und ohne Sprache und ohne Denken übrig bliebe. Dass aber etwas bliebe und die Welt nicht nur durch die Sprache existiert, keine bloße Erzählung ist, mehr als ihre Geschichte, das ist für einen Menschen zwingend – für einen westeuropäischen Menschen zwingend, muss man einschränken, für einen vernünftigen westeuropäischen Menschen, um noch genauer zu sein. Denn es gibt durchaus westeuropäische Menschen, die ihr Denken und ihre Sprache für die Welt selbst halten. Diese Menschen nennt man verrückt. Aber das sind nicht ausschließlich jene, die an den Humbug glauben und sich in irrationalen Glaubenssystemen verirren, nein. Niemand vermag eine klare, unumstößliche Grenze zwischen den Vernünftigen und den Verrückten zu ziehen. Mehr noch: den vernünftigen Menschen gibt es nur zusammen mit dem verrückten. Sie erschaffen sich gegenseitig, beziehen sich aufeinander wie Tag und Nacht oder wie stumpf und spitz. Der Verrückte glaubt, der Vernünftige sei verrückt, und auch der Umkehrschluss gilt. So bleibt in allem, was ein vernünftiger westeuropäischer Mensch über diese Welt zu wissen glaubt, die Position des Verrückten enthalten. Und weil es enthalten ist, bleibt auch die Gefahr bestehen, die Gefahr durch das Trugbild, durch den Irrtum, durch die Ignoranz.

Die Ignoranz ist eine wunderliche Sache, denn sie ist überhaupt keine Sache, sie ist ihre Abwesenheit: der Aufmerksamkeit, des Wissens, der Praxis.

Der Skeptizismus, der umfassende Zweifel an der Welt, kann die Sprache und das Denken selbst befallen, mehr noch, er kommt aus der Sprache selbst, ist in ihr enthalten. Die Dinge und die Worte fallen nicht zusammen, wir tun nur so, aber tatsächlich ist die Bedeutung der Begriffe ungewiss. Gleichzeitig ist ein Mensch ohne fast dasselbe wie ein Mensch mit einer totalen Gewissheit. Die Extreme fallen nicht zusammen, aber sie ähneln sich, sie sind Singularitäten. Im Bereich dazwischen wird es unordentlich, kompliziert und wahr.

Der westeuropäische Mensch sucht in allem nach einem Gleichgewicht, nach Ausgleich zwischen sich, der Sprache und der Welt. Die Gesellschaft, in der er lebt, nennt er demokratisch durch den Ausgleich. Er hat sich damit abgefunden, dass vor dem Ausgleich bestimmt ist, wer von ihm profitieren wird, wer zu dieser Gesellschaft gehört und wer nicht. Über die Privilegien entscheidet die Herkunft, die nationale, die kulturelle und die familiäre. Diese Zugehörigkeiten sind entscheidend und geregelt.

Wie man es als westeuropäischer Mensch auch dreht und wendet, Sprache und Denken scheinen der Welt nicht beizukommen, sie sind notwendig, aber nicht ausreichend, um den eigenen Platz in dieser Welt zu begreifen, um sich zu orientieren, sich eine Herkunft zu geben. Er braucht einen dritten Punkt, um die Koordinaten zu bestimmen. Dieser dritte Punkt ist in der Bezeichnung variabel. Manchmal heißt er Idee, manchmal heißt er Liebe, und manchmal heißt er Gott – und oft fallen diese Begriffe zusammen oder sind austauschbar. Das nennt der westeuropäische Mensch dann Religion.

Wie er diesen dritten Punkt auch nennen mag, er wird ihn ungern zur Disposition stellen. Er wünscht einen Standpunkt, den er nicht begreifen und nicht bezweifeln und nicht diskutieren muss. Nun hat alles, jedes Ding unter dem Himmel, seine Bezeichnung auf Widerruf. Wer kann heute sagen, was morgen mit der Liebe geschieht? Wer kennt den Namen Gottes und wie lautete er gestern?

Der westeuropäische Mensch hat die Metaphysik auf die Plätze verwiesen. Mit der Ignoranz ist ihm dies nicht gelungen.

Die Entwicklung wirksamer Impfstoffe gegen Viren verdanken wir der evolutionären Genetik. Wer den Stamm kennt, zu dem ein Virus gehört, kann es bekämpfen. Wir erwarten von der evolutionären Genetik die Entwicklung, aber nicht die gerechte Verteilung dieser Impfstoffe. Dazu bedarf es anderer Disziplinen, der Ethik und der Politik zum Beispiel, aber da dies nicht gelungen ist und die Privilegierten weiter bevorzugt wurden und die ewigen Habenichtse wieder leer ausgingen, stellt sich die Frage, ob Darwins Erzählung vielleicht diese gerechte Verteilung verhindert hat.

«**Über** die Entstehung der Arten» beschreibt einen evolutionären Vorgang, der sich über Jahrtausende entwickelt. Das Werk hat nicht die Gesellschaft als Gegenstand, beschreibt keine sozialen Vorgänge, sondern eben biologische. Ein westeuropäischer Mensch, der an die Demokratie glaubt, besteht auf diesen Unterschied und verurteilt alle Versuche, die Welt nach darwinistischen Prinzipien einzurichten. Der Sozialdarwinismus ist mit den Grundsätzen einer demokratischen, rechtsstaatlichen Gesellschaft, die an unveräußerliche Menschenrechte glaubt, unvereinbar.

Ein westeuropäischer Mensch mag alle sozialdarwinistischen Ansätze ethisch und sozial ablehnen, ökonomisch und in seiner Lebensführung folgt er ihnen in weiten Bereichen trotzdem. Die Wirtschaft ist nicht demokratisch. Sie ist rechtlich geregelt, nicht politisch. Das Recht ist nicht gerecht, die Grenzen sind gezogen, Mauern verteidigen sie. Recht ist in unserer Gesellschaft nicht universal, kein Menschenrecht, es ist ein Privileg. Privilegien sind begehrt, man streitet sich um sie. Konkurrenz steht in hohem Ansehen. Man nennt sie gesund, dem Wachstum förderlich, dem Wohlstand zuträglich. Man hat, so scheint es, von Darwin viel gelernt, doch was er deskriptiv verstand, hat man normativ ins Werk gesetzt.

Darwins Idee war so erfolgreich, dass sie fast jede andere verdrängt hat, aber sie war erfolgreich unter der Maßgabe der Vorstellung, wie eine Gesellschaft zu funktionieren hat. Und diese Vorstellung ist reduktionistisch, und viele der Ideen, die uns bei den heutigen Herausforderungen, zum Beispiel der Kampf gegen eine Pandemie, gegen das Artensterben oder den Klimawandel helfen könnten, hat diese Gesellschaft vergessen, obwohl sie bereits entwickelt wurden.

Was vor dem November 1859 in der Wissenschaft geschehen ist, steht unter einem Vorbehalt und ist einem Menschen meiner Zeit kaum zugänglich. Es gehört in den Bereich des Vormodernen, wenn man so will, in die Kindheitsgeschichte unserer Gesellschaft, vielleicht auch in die Embryonalzeit. Dazu gehört auch das Werk von Thomas Carlyle, das, nebenbei gesagt, einen großen Einfluss auf Darwin hatte. Heute ist er fast vergessen, obwohl er zu seiner Zeit ein einflussreicher Denker war. So hat er die deutsche Literatur auf die Britischen Inseln gebracht. Carlyle war ein Romantiker, ein autoritärer Romantiker allerdings. In seinem Werk «On History» formuliert er 1830 und damit fast dreißig Jahre vor «On the Origins of Species», ein Problem, das keine positivistische Wissenschaft lösen, sondern nur verschärfen kann.

«Der begabteste Mensch kann nur die Reihe seiner eigenen Eindrücke beobachten und noch mehr aufzeichnen: seine Beobachtung muss daher, ganz zu schweigen von ihren anderen Unvollkommenheiten, sukzessiv sein, während die Dinge, die getan wurden, oft gleichzeitig geschahen; die Dinge, die getan wurden, waren nicht eine Reihe, sondern eine Gruppe. Es ist nicht so, wie es in der geschriebenen Geschichte ist; tatsächliche Ereignisse stehen nicht so einfach zueinander in Beziehung wie Eltern und Nachkommen; jedes einzelne Ereignis ist der Nachkomme nicht von einem, sondern von allen anderen Ereignissen, die vorher oder gleichzeitig stattfanden, und wird sich seinerseits mit allen anderen verbinden, um neue zu gebären: es ist ein ewig lebendes, ewig arbeitendes Chaos des Seins, in dem sich eine Form nach der anderen aus zahllosen Elementen herausbildet.»

Das Problem der kognitiven Blindheit, die Undarstellbarkeit der Wirklichkeit durch eine sukzessive Erzählung – Carlyle spricht, als wolle er «Über die Entstehung der Arten» widerlegen, bevor das Buch publiziert wurde, und leider haben sich die Aporien durch den wissenschaftlichen Fortschritt verschärft.

In meiner Lebenszeit habe ich viel von Strukturen gehört, von Systemen und von Ordnungen. Die Geisteswissenschaften bemühten sich um Ordentlichkeit, keine Frage, und man bemühte sich, neue Systeme zu erschließen, die Methoden auf neue, weitere Gebiete anzuwenden. Erkenntnis wurde systemisch begriffen. Man suchte die Regel für die Gruppe und fand sie in der Regel auch. Die Formulierung des Einzelfalls blieb ein Problem, und man vergaß beinahe, dass die Wissenschaft sich in ihren Modellen erschöpft, die Geschichte aber nicht regelhaft fortschreitet. Alles geschieht nur einmal. Das trifft zu für Heil und Weh. In diesen Tagen wütet im Kreml ein Faschist, überzieht ein Nachbarland mit Tod und Zerstörung, treibt Millionen in den Hunger. Wir sehen einen solchen Menschen nicht zum ersten Mal, und manche suchen die Systematik darin, aber kein vernünftiger Mensch glaubt, dass dieser Faschist eine systemische Zwangsläufigkeit darstellt. Man hätte damals einen anderen wählen können, es wäre möglich gewesen. Entscheidungen haben dazu geführt, nicht Naturgesetze. Die Welt, in der wir uns befinden, ist eine Folge menschlicher Entscheidungen. Es gibt keine bessere Erkenntnis, wenn wir denn daraus lernen, soziale Entscheidungen zu treffen.

Meine Gesellschaft, wie jede andere vor ihr, hat keine Ahnung, was geschieht. Wir stehen vor unserem Unwissen, und manchmal wagt jemand, den Vorhang zu heben. Ein anderer Zusammenhang wird erkennbar.

Darwins Modell ist nicht Modell geblieben. Der «Kampf ums Dasein» ist keine bloße Metapher, nicht nur Sprache, er ist Wirklichkeit und wird täglich ausgetragen. Im Sommer, in dem ich dies schreibe, brauchen westeuropäische Menschen dafür keine Beispiele. Wir finden sie täglich auf unseren Bildschirmen. In der spanischen Exklave in Marokko sterben Menschen beim Versuch, eine Sperranlage zu überwinden. Die russische Armee bombardiert die Ukraine. Das Morden geht weiter, in Südamerika, im Nahen Osten, in China – wo nicht? Inseln der Unschuld gibt es keine mehr. Der Weltgeist denkt wirtschaftlich. Der Freihandel hat nicht gesiegt, aber er hat große Geländegewinne erzielt. Treiber und Schlüsselfaktor bleibt die fossile Energie, die Ausbeutung der Rohstoffe, die Umsetzung von niedriger in hohe Entropie.

Die Mittel der Analyse sind ein Treiber dieser Entwicklung. Die Wissenschaft bremst nur, wenn ihr die Mittel gekürzt werden. Konformismus und Opportunismus sind weit verbreitet. Die Komplizenschaft gewisser europäischer Universitäten mit Systemen, die alles andere als die Unabhängigkeit der Forschung im Sinne haben, wurde anhand der Kooperation europäischer Hochschulen mit militärnahen chinesischen Instituten eindrucksvoll dargelegt.

Das Wissen, die Technologien, die Episteme, die Methoden, die durch derartige Komplizenschaften in die Welt gebracht werden, zerstören Demokratie, zerstören Menschenrechte, und wer es nicht glaubt, soll die Uiguren in den chinesischen Umerziehungslagern fragen.

Die instrumentelle Vernunft verlangt, dass wir die Dinge richtig machen. Wann aber geht meine Gesellschaft daran, die richtigen Dinge zu machen?

Der Chinesische Nationalcircus übrigens, wie ich gerade per Plakat an der Litfaßsäule erfahre – gastiert in diesem Herbst im Volkshaus, dort also, wo Lenin seine berühmte Rede hielt, bevor er in den plombierten Zug nach Moskau stieg, um die Welt zu verändern. Der Chinesische Nationalcircus im Haus der Arbeiterschaft, im roten, solidarischen Zürich-Aussersihl. Niemand weiß, was das bedeutet, aber alle ahnen: Es bedeutet nichts Gutes.

In Athen pflegen die bettelnden Menschen einen expressiven Stil, wie ein westeuropäischer, kulturinteressierter Mensch zwischen Monastiraki und Syntagma bald feststellen wird. Sie zeigen ihre schwärenden Wunden, ihre zerfressenen, nässenden Unterarme, die in der Nachtmittagshitze feucht glänzen. Eine junge Frau mit warmen Augen bietet den Blicken eine Gesichtshälfte dar, verbrannt, entstellt, das Ohr fehlt, abgeschnitten oder verbrannt, oder zuerst verbrannt und dann abgeschnitten, man sieht es ihm nicht an, man müsste fragen, was der Ursprung, die Herkunft dieser Versehrung ist – wer würde es wagen? Wer kann es sich nicht ohnehin ausdenken, ein Mensch, westeuropäischer, kulturinteressiert, weiß, was in Moria und Aleppo geschehen ist, was auf den Inseln immer noch geschieht.

Das Leben lässt sich nicht in Abstammungslinien darstellen, nicht im Sinne eines zeitlichen Fortschritts. Leben ist augenblicklich, darin liegt sein Wunder. Dessen war sich der alte Darwin bewusst. Das Buch, das ihn berühmt gemacht hat, ist eine große, wahre Erzählung, und was darin beschrieben ist, ist so geschehen. Und doch ist «Über die Entstehung der Arten» eine Erzählung, und geschrieben aus ihrer Zeit heraus, dem neunzehnten Jahrhundert, das besessen war von einer bestimmten Erzählung der Herkunft. Diese folgt einer Linie von Aufstieg, Kampf bis zum Untergang und beschreibt das Leben selbst als Ringen, als Widerstreit der Kräfte, der Affekte, der Triebe. Und wenn ich es genau besah, so hatte auch ich meinen Erfolg dieser Erzählung des neunzehnten Jahrhunderts zu verdanken, allerdings nicht meinem persönlichen, sondern dem Kampf zwischen den Nationen.

Zwar hatte mein armer Vater nichts als Schulden hinterlassen, aber ich wurde in einer der reichsten und produktivsten Nationen der Welt geboren. Die schweizerische Wirtschaft genoss einen sagenhaften Ruf. Mein Vater hatte von diesem Ruf nie etwas gehört, aber das war ein seltener Fall, regelmäßig, aber selten, das musste man fairerweise sagen. Jede Gesellschaft kennt Versager.

Der erste und bestimmendste Faktor im Leben eines Menschen des einundzwanzigsten Jahrhunderts war seine Nationalität, seine staatliche Herkunft. Sie definierte die rechtlichen Möglichkeiten, das Hoheitsgebiet, in dem sich ein Mensch entwickeln konnte, die Gesetze, denen er unterworfen war, seine Teilhabe an Bildung und sozialer Sicherheit. Nationalität klärte die Herkunft in einer bestimmten, willkürlichen Weise.

Meine, die schweizerische, wurde nach biologischer Abstammung definiert. Das Kind einer Schweizerin erhielt die schweizerische Nationalität. Das Kind einer Ausländerin, die mit einem Schweizer verheiratet war, ebenfalls. Und falls ein schweizerischer Papa, der mit einer Frau ohne Schweizer Pass ein Kind hatte, die Güte besaß, es anzuerkennen, dann durfte auch dieses Kind den schweizerischen Pass besitzen. Wer sich einbürgern lassen wollte, musste sich penible Prüfungen unterziehen, gelegentlich durch Gemeindeversammlungen, die sich ihrer Willkür und ihres Unrechts kein bisschen schämten. Man mochte sich darüber empören, aber jeder Versuch, einen Menschen endgültig und systematisch einer Gruppe zuzuschlagen, war willkürlich und vorläufig. Die Norm wurde gesetzt und durchgesetzt, und wer sich nicht daran gewöhnte, der hatte Pech gehabt. Wer mit seiner Herkunft nicht einverstanden war, der hatte nur eine Möglichkeit, die Flucht.

In der dinglichen Welt, in der Welt der Waren und der Technologien, war die Herkunft ein Faktor, aber kein Problem. Es mochte hingehen, in einer hübschen Sache einen blutigen, bösen Stein aus einer beliebigen Hölle zu finden. Man wünschte sich die Sachen, die Werkzeuge, die Möbel in ihrer Herkunft tadellos, aber in erster Linie hatten sie einen Zweck zu erfüllen. Kleine Übel mochte man verschmerzen. Solange das Smartphone funktionierte, sah man ihm das Koltan nach, den Raub, die Morde, die Zerstörung. Bei den Sachen ging der Zweck über die Herkunft. Lieferketten mussten ununterbrochen sein, wohin sie führten, war zweitrangig.

Für Menschen galt das Gegenteil. In meiner Gesellschaft konnte jemand so tüchtig und zweckmäßig sein, wie er wollte, die nationale Herkunft entschied über ihn und sein Schicksal.

Nun gab es aber mit der Nationalität eine Schwierigkeit. Mit meiner und mit jeder anderen. Niemand wusste, was sie bedeutete. Sprache? Kultur? Genetik? Alles zusammen oder eine Auswahl davon? Das eine ließ sich so beliebig behaupten wie das andere. Nationalität war eine Erfindung, eine Erzählung, ohne Grundlage, ohne Essenz. Das war bekannt und wurde nur von Menschen mit faschistischen und nationalistischen Ideen bestritten. Trotzdem wurden Lebensläufe noch vor der Geburt durch die Nationalität entschieden. Und obwohl die Ungerechtigkeit schreiend war, konnte man von ihr nicht lassen. Mehr noch: Alle hatte eine, alle brauchten eine, und zwar nur eine. Ein Mensch ganz ohne Nationalität war staatenlos, ein völkerrechtliches Unding. Ein Mensch mit mehr als einer war ebenso zweifelhaft, halbseiden. Niemand könne zwei Herren dienen, Loyalität und Treue schulde man nur einem so genannten Vaterland.

Was ist ein Mensch? Ein Wesen, das im Augenblick lebt und doch von ihm abstrahieren kann. Er kann sich und seine Welt, sein Denken, seine Sprache abstrahieren. Ein Bewusstsein ist überhaupt erst diese Abstraktion, und durch Abstraktion schafft der Mensch seine Kultur. So schafft er alle Dinge, ausgenommen vielleicht nur jene, die er dem verdankt, was er Zufall nennt.

Nun stellt dieser Mensch fest, dass es notwendig wird, seine Umwelt zu konkretisieren, und er merkt: Es fällt ihm schwer. Damit er sie versteht, damit er einen Ausweg findet aus dem Dilemma, in das er sich gebracht hat, muss er in die Welt kommen, nicht in die Sprache, nicht in das Denken. Aber es scheint, als sei ihm diese Welt verschlossen, als könne der westeuropäische Mensch keinen Zugang finden, außer im Rausch, im Traum, in der Trance, im Gebet; und so wunderbar diese Zustände sein mögen, so erkenntnisreich und erfrischend, sind sie doch die Bewegung des Geistes um sich selbst, schaffen sie wie ein Kreisel, der um sich selbst dreht, Stabilität, und gehen nicht in die Welt hinein, nicht in die Welt hinaus. Ein Grund für diese Unfähigkeit ist die Sprache, sind die Begriffe, unser Wortschatz, den wir zu oft benutzen, um immer nur die Herkunft zu klären.

Wir kennen die Himmelserscheinungen. Den «Cirrostratus» etwa, oder die «Schäfchenwolke», und vor meinem Fenster erkenne ich einen «Kondensstreifen», ich weiß, was mit dem Namen gemeint ist, und auf seltsame Weise, sobald sie einen Namen hat, verschwindet diese Erscheinung aus meiner konkreten Beobachtung. Der Name verdeckt die Sache. Der Name verbindet sie mit der Ursache, mit Herkunft der Erscheinung, hier mit der Kondensierung. Wasser ist durch Reibung als Streifen kondensiert, also verdampft. Der Name verweist auf die Vergangenheit, auf das, was bereits geschehen ist. Gegenwart wird selten anschaulich, und wenn, dann oft in einfachen Analogien. Die Wolke sieht aus wie ein kleines Schaf.

Die Zukunft wird kaum anschaulich. Der westeuropäische Mensch meiner Gesellschaft liest keine Konstellationen. Er hat es sich ausgetrieben. Sofern er nicht Gedichte schreibt, wird er darüber in der Öffentlichkeit schweigen. Konstellationen bestehen aus Einzelfällen, aus ihrem Zusammentreffen. Ein Kondensstreifen kommt niemals allein. Er kommt mit schönem Wetter, und vor meinem Fenster kommt er mit einem Schwarm wilder Krähen. Sie krächzen und gesellen sich mit dem Martinshorn der Sanität zu meinem Kondensstreifen. Daraus ist für einen westeuropäischen Menschen nichts abzuleiten, es hat keine Gültigkeit. Die Krähe, der Kondensstreifen, das Martinshorn haben jeweils andere Ursachen. Ihr Zusammentreffen hat nichts zu besagen, und wenn das Gegenteil behauptet wird, entsteht Literatur, entstehen Träume und Prophezeiungen, also unwissenschaftliches Zeug. Für einen aufgeklärten, westeuropäischen

Menschen fallen Krähe, Kondensstreifen und Martinshorn in ihre Kategorien und bleiben dort sitzen und stecken, bis man sie in eine neue Kolonne packt.

Das heißt es nämlich, westeuropäisch zu denken, in Kategorien. Das hat die westeuropäischen Menschen weit gebracht, über alle Meere, in alle Erdteile, ins All sogar. Die Ideen und Motive, die sie leiteten, haben sich in jeden Winkel ausgebreitet. Der Erfolg des kategoriellen Denkens ist überwältigend. Entschlüssle die Herkunft einer Tatsache und du eroberst das All, das Universum!

Die Welt, in der ich lebe, hat die Herkunft geklärt. Die Elektrizität kommt aus der Steckdose, die Steckdose aus den Kupferdrähten, die Kupferdrähte über die Transformatoren aus den Turbinen, die Turbinen aus den Spulen, aus den Elektronenwolken, aus den magnetischen Feldern.

Betrachte deine Welt! Mit ein bisschen Grütze findest du den Ursprung einer jeden Sache. Auf dem Tisch liegen Gegenstände, die du kennst, das Fenster ist kein Rätsel: der Schreiner hat es gemacht oder die Fabrik, die Scheibe ist aus Glas, das Glas besteht aus den Atomen, von denen du auch schon gehört hast. Deine Welt ist dir bekannt, und falls du etwas finden solltest, dessen Ursprung du nicht kennst, dann rufst du die Polizei oder die Feuerwehr oder schreibst ein Buch über unbekannte Flugobjekte oder machst auch alles zusammen.

Das Unheil im Kondensstreifen bekommt keine Gestalt, obwohl jedes vernünftige westeuropäische Bewusstsein von diesem Unheil weiß. Kondensstreifen gibt es nur, weil es den Flugverkehr gibt, und der Flugverkehr ist ein sichtbares Zeichen für die globale Erwärmung. Ein Kondensstreifen ist eine Beschädigung der Atmosphäre durch den Menschen.

Wenn wir diese Beschädigung denken und ihre Folgen bedenken, müsste er einen anderen Namen bekommen. Kondensstreifen sind anthropogene Wolken, was als Begriff wiederum in die Vergangenheit weist. In die Zukunft, in die Folgen gedacht, müssten sie einen Namen des Unglücks bekommen, ein Name der Schmerzen und der Schönheit. Es bleibt eine Wolke, weiß und hell und glänzend am Himmel, ein freundliches Zeichen des Untergangs im Abendlicht.

Die Bedeutung der Begriffe ergibt sich aus ihrer Verwendung, nicht aus ihrer Geschichte. Wer eine Sprache lernen will, indem er die Herkunft der Worte untersucht, wird sich niemals in dieser Sprache unterhalten und wird wenig verstehen. Das sumerische «Eden» bedeutet nicht Paradies, es bedeutet genau das Gegenteil, nämlich «Wüste». Und auch wer die Geschichte des Wortes «Testament» untersucht, wird über das Lateinische, Griechische und Hebräische in die Irre geführt, von *«Verstum Testamentum»* in der Vulgata über das *«diaktheke»* in der Septuaginta zum *«berit»* des Tanach. Dieses Wort bedeutet ursprünglich nicht Vertrag oder Bund, sondern ebenfalls genau das Gegenteil, nämlich Zerschneidung, und zwar der Opfertiere, die man zur Besiegelung eines Vertrages darbrachte. Der Schnitt besiegelte den Bund, eine fürchterliche Dialektik, deren wir uns besser annehmen sollten, wenn uns das eigene und das Leben unserer Kinder etwas wert ist.

Ich erinnere mich, wie ich zum ersten Mal nach Hebron kam, nach El Chalil, wie es auf Arabisch heißt, eine der ältesten Städte der Menschheit, auf einer fruchtbaren Hochebene im Westjordanland gelegen. Es ist ein verstörender Ort, gefangen in einer Geschichte, gefangen in einem Streit, der Tausende Jahre zurückreicht, zurückgeht auf den Tod Saras, für die Abraham eine Grabstätte suchte, die er auf dem Land eines Fremden fand, eines Hethiters, Efron mit Namen. Der besaß eine Höhle am Ende seines Feldes, Machpela genannt, und diese kaufte Abraham ihm nun ab für vierhundert Schekel Silber. Und Sara fand ihre letzte Ruhestätte, und als Abraham starb, ließ auch er sich dort begraben.

An jener Stelle aber befindet sich heute eine Kirche, darin ein Kenotaph, ein Scheingrab, und wer damals von Jerusalem nach Hebron reiste, der bewegte sich an einer Mauer und an Checkpoints entlang hinein in die Stadt, die er aber nicht betreten konnte, denn sie lag hinter einem hohen Zaun, bewacht von Soldaten, dahinter die palästinensischen Viertel. Die Kirche selbst war ein unheilvoller Ort. Ein israelischer Terrorist hatte im Jahre 1994 am Grab der Patriarchen das Feuer eröffnet und neunundzwanzig Menschen getötet und hundertfünfzig verletzt. Dieser Mörder wird sich als Rächer begriffen haben, als Erbe jener, die beim Massaker vom August 1923 umgebracht wurden, und die Mörder von damals verstanden sich auch als Nachkommen jener, die vorher umgebracht wurden, und immer so weiter, Früchte eines Baumes, dessen Wurzeln zurückreichen in die frühe Bronzezeit, vergiftetes Obst, das die Generationen nicht aufgehört haben zu kosten, das sie tötet und bis heute zu Mördern macht.

Die Stimmung war angespannt, aber an eine Groteske werde ich mich immer erinnern. Sie ist zum Sinnbild geworden. Denn dieses Grab ist nicht nur jüdischen und christlichen Menschen heilig, auch solche muslimischen Glaubens verehren diesen Ort. Weil sie in Feindschaft leben, dürfen sie nicht miteinander in Berührung kommen. Und so führt man die Gläubigen und die Touristen auf getrennten Wegen an den Ort des Heiligtums, an die Grabstätte, wo sie nun in der Mitte dieser Kirche das Kenotaph verehren, das Scheingrab, und dahinter, auf der anderen Seite und ebenso unerreichbar, ihre Brüder und Schwestern im Glauben erkennen, genauso bewegt und erschüttert wie sie selbst von der spirituellen Kraft dieses Ortes, der sie gleichzeitig verbindet und unwiderruflich trennt, wenn sie für sich selbst nicht eine andere Geschichte finden, eine andere Etymologie, eine andere Dialektik.

Sprache lernt man nicht durch Etymologie, Sprache lernt man anders. Durch Nachahmung, durch Wiederholung, durch Abweichung, Betonung, sie entsteht ursächlich durch Gebrauch mit anderen Menschen, gemeinsam, im Moment und in einem Dazwischen.

Sprache geschieht, wenn Subjekt und Objekt gedacht werden können, ein Ich und ein Du, die sich in einem Augenblick treffen. Nur wer sich als unterschieden erlebt, muss und kann das Bedürfnis entwickeln, all diesen namenlosen Subjekten und Objekten und den Verhältnissen zwischen ihnen einen Platz zu geben, sie festzufügen in einer Konvention, in einer Grammatik, deren erstes Ziel aber nicht Ordnung, sondern Orientierung ist. «Language alone protects us from the scariness of things with no names», formulierte es Toni Morrison in ihrer Rede zur Verleihung des Literatur-Nobelpreises.

Deshalb sind Namen mit der Furcht vor der Einsamkeit verbunden. Einsamkeit ist der Ursprung der Namen, und sie ist ihre Mündung. Wir müssen reden, sprechen, mit den anderen, wir lernen nur durch das Gespräch mit anderen Menschen. Sprache ist Gespräch, und wenn wir mit gewissen Menschen nicht ins Gespräch kommen, beschränken wir unsere Welt, unser Wissen, unsere Erkenntnis.

Die Welt begegnet uns gegenwärtig. Sie verlangt von einem Menschen eine Entscheidung, in diesem Augenblick, und es löst sich kein Problem von allein und nur durch Wiederholung.

In seinen 1953 veröffentlichten «Philosophischen Untersuchungen» fordert Ludwig Wittgenstein im Paragraphen 66 ein Du auf, einmal die Vorgänge zu betrachten, die wir «Spiele» nennen. Er erkennt in ihnen nur Unterschiede, keine Gemeinsamkeiten. Er fordert auf, zu schauen, nicht zu denken. Und dann werde man sehen, wie wenig Brettspiele mit Ballspielen oder mit Patiencen zu tun haben. Gewinnen, verlieren, Konkurrenz – jedes Spiel verhält sich anders. Und doch erkennten wir Ähnlichkeiten, meint Wittgenstein, wir sähen, so das Ergebnis seiner Betrachtung, ein kompliziertes Netz von Ähnlichkeiten, die ineinander übergreifen und sich kreuzen.

Und wie nennt er diese Ähnlichkeiten? Man darf ihm zuhören: «Ich kann diese Ähnlichkeiten nicht besser charakterisieren als durch das Wort ‹Familienähnlichkeiten›; denn so übergreifen und kreuzen sich die verschiedenen Ähnlichkeiten, die zwischen den Gliedern einer Familie bestehen: Wuchs, Gesichtszüge, Augenfarbe, Gang, Temperament, etc. etc. – Und ich werde sagen: die ‹Spiele› bilden eine Familie.»

Man möchte dazu eine Kulturgeschichte schreiben. Hier nur dies: Der Autor resigniert, er findet keinen besseren Namen, der Autor schließt seine Reihe nicht und bricht sie mit einem gelangweilten «etc. etc.» zum vorläufigen Abschluss. Der Autor spricht apodiktisch: «Ich werde sagen», das heißt: Ich werde abschließend sagen. Und am Ende steht das platteste aller platten Worte, die bürgerliche Neurose schlechthin, die Familie.

Wittgenstein wie Darwin lebten beide in imperialen Verhältnissen, der Naturforscher und der Philosoph. Sie dachten dynastisch, sie kannten die gesellschaftlichen Hierarchien, sie wussten, wo sie standen, und suchten nach dem Status, in allem. Die Herkunft war es, die Zugehörigkeit, und beiden Büchern ist ihr Pessimismus gemein, eine Enttäuschung, die eine erfahrene war, nicht eine gedachte. Keiner von ihnen fühlte sich in seiner Welt zu Hause. Wittgenstein schreibt eine Vorrede zu seinem Werk, die dessen Scheitern vorwegnimmt. Im Januar 1945, es ist immer noch Krieg, schließt er in Cambridge: «Ich hätte gerne ein gutes Buch hervorgebracht. Es ist nicht so ausgefallen; aber die Zeit ist vorbei, in der es von mir verbessert werden könnte.»

Und in diesem ganzen Elend sieht er nur Familie. Aber Sprache ist nicht Herkunft, sondern Gebrauch, und dieser Gebrauch erschafft die Welt, in der wir leben.

Denn ob Erzählung oder Wirklichkeit – die Grausamkeit, die Brutalität, die Aggression, das Leid, die Kämpfe, die Abwehr, davon berichten die Zeuginnen, von dem, was ihnen angetan wurde. Und doch sind viele Grausamkeiten durch eine Ideologie gestützt, durch eine alternative Erzählung. Ob sie nun Putin, Pol Pot, Stalin oder Hitler heißen: Jeder konstruierte sich einen Zusammenhang, mit dem er seine Taten begründete.

In der Geschichte findet jeder, was er sich von ihr wünscht. Man findet Heldenmut neben Opfermythen, Territorialsehnsüchte neben spirituellen Offenbarungen. Jeder darf sich seine Bezüge selbst suchen, ein ziemlich beunruhigender Gedanke. Die Freiheit, die er umreißt, lässt die Unsicherheit, die Gefahr ahnen, die von ihm ausgeht.

Die Gesetze, nach denen wir leben, sind wiederum Sprache, und wenn wir also die Welt verändern wollen, müssen wir die Sprache verändern. Wir brauchen eine andere Grammatik und andere Begriffe für Familie, für Herkunft, aber vor allem brauchen wir ein anderes Erbrecht.

Das moderne Erbrecht ist erstaunlich jung. In Deutschland kam es mit dem ersten Bürgerlichen Gesetzbuch 1902, in der Schweiz mit dem Zivilgesetzbuch 1912. Es war hier der famose Eugen Huber, der das alte Erbrecht untersuchte und das neue gestaltete. Davor gab es eine ungeheure Vielfalt. Die regionalen, geografischen und wirtschaftlichen Gegebenheiten führten zu unterschiedlichen Familienverbänden und damit zu unterschiedlichen Erbrechten. Die Vereinheitlichung des Erbrechts begleitete den Prozess, in dem das regionale Leben in die moderne Zeit der Städte, die Landwirtschaft in die Industrie überführt wurde. Die zentrale Bedingung dafür war die Idee des Privateigentums.

Jeder Mensch, der in einer Gesellschaft lebt, deren Wirtschaft nach kapitalistischen Vorstellungen funktioniert, ist ein Eigentümer. Um ein wirtschaftliches Subjekt zu werden, muss man Eigentümer sein, und wenn es auch nur das Eigentum ist, das man am Leibe trägt. Die Nackten und die Toten kommen nicht in die Rechnung, alle anderen, die nichts haben, verkaufen ihre Arbeitskraft. Ich selbst bin mittlerweile Eigentümer einiger Möbel, meiner Apparate, meiner Bücher, meiner Kleider und meines Barvermögens - aber bin ich Eigentümer dieser vermaledeiten Kiste? Ich will nicht klagen. Ich hänge an meiner Habe. Das Privateigentum scheint so natürlich wie der tägliche Sonnenaufgang. Aber natürlich ist an ihm gar nichts. Das Privateigentum ist eine

Idee, und das geht einem nur schwer in den Kopf, weil es sich meistens in einer Sache manifestiert, im Schreibtisch, Stuhl, Computer. Aber der Gegenstand ist nicht die Grundlage des Eigentums. Eigentum beschreibt ein Verhältnis, eine Beziehung, und jede Beziehung verändert sich mit der Zeit. Eigentum bleibt sich nicht gleich. Das, was wir Eigentum nennen, entzieht sich einer verbindlichen Definition, und die Sachen, die wir damit bezeichnen, unterscheiden sich ganz erheblich. Was können ein Gedanke und ein Acker gemeinsam haben? Ein Eigentumsverhältnis? Jemand besitzt die Rechte am einen oder am andern. Welche Rechte dies sind, bleibt je nach Fall unterschiedlich. So sind die Eigentümer einer Aktiengesellschaft zwar alle, die eine Aktie besitzen. Über ihr Eigentum, über seine Verwertung und seinen Verkauf, dürfen sie trotzdem nur begrenzt bestimmen. Eigentumsrechte sind niemals total. Sie können es nicht sein, denn sie kollidieren mit anderen Rechten.

Wie Sachen bestehen Beziehungen nicht ewig und für beide gilt: Was gestern noch kostbar war, hat heute nur noch Schrottwert. Aus fast allem, was wir so täglich herstellen und ins Werk setzen, wie kostbar es auch immer sein mag, wird früher oder später Müll oder ein Erinnerungsstück, eine nostalgische Spieldose, an der man sich erfreut und die keinen Sinn oder Zweck mehr erfüllt.

Eigentum ist zu einem großen Teil unverdient. Eigentum wird vererbt, aber einerlei, wie groß oder wie klein dieses Eigentum sein mag, steht seine Größe im Verhältnis zur Vorleistung durch die Gesellschaft. Je größer das Privateigentum, umso größer die gesellschaftliche Vorleistung. Wer ein Haus baut, benutzt die Straße einmal, wer zehn Häuser besitzt, benutzt sie zehnmal.

Wie kommt Eigentum zustande? Auf zwei Wegen, entweder von unten, durch die Früchte der eigenen Arbeit, oder von oben, durch Okkupation, durch Besetzung. Eigentum muss verteidigt werden, ständig, ohne Unterlass, bis zum Augenblick des eigenen Todes, oder eben, bis man seine Rechte aufgibt und das Zeug an die Straße stellt. Privateigentum ist nicht friedlich, oder nur so lange, wie man es schützen kann oder beschützen lässt. Gegen wen muss man sein schönes Eigentum verteidigen? Gegen die Faulen, gegen die Diebe, gegen die Vaganten, gegen die Verbrecher, gegen die Konkurrenten, gegen die Ehemänner, gegen die eigenen Kinder, gegen den Regen, gegen die Sonne.

Der Zahn der Zeit nagt an allem, an jedem Haus und an jedem Vermögen, und wer es nur liegen lässt, der wird Verlust erleiden. Eigentum braucht Pflege, Schutz, es muss gedeihen, wachsen, damit es nicht untergeht. Das Eigentum braucht Bedingungen, und diese müssen geschaffen werden. Dies nennt man Ordnungspolitik.

Die Wirtschaftsordnung, in der wir uns befinden, lebt von der Idee, dass man dem Kollektiv den Einfluss über die Produktion und das Eigentum entziehen muss. Die Privatisierung des öffentlichen Sektors ist seit Jahrzehnten Ultima Ratio. Das Gemeinwesen gilt als unfähig, produktiv zu wirtschaften. Den Beweis lieferte bis 1989 der Sowjetkommunismus, nach 1989 seine Niederlage. Das Privatvermögen hatte seither Vorfahrt, Tempolimit gab es keines.

Eine Sache allerdings, eine entscheidende, die war davon ausgenommen. Es ist der Müll, der Abfall, der Abhub, die Jauche, die Scheiße unserer Gesellschaft. Denn interessanterweise kennt unsere Marktwirtschaft den Begriff des Privateigentums, sie hat aber keinen Begriff für den Privatmüll.

Ich habe in meinem Leben eine schier unbegreifliche Menge an Müll produziert, und ich habe nicht die geringste Ahnung, was damit geschehen ist. Das meiste wurde wohl verbrannt, und erst neulich war ich mit einem Freund draußen bei der Müllsammelstelle, eine irrwitzig große Müllsammelstelle. Ich habe vier große Bagger auf einer vergleichsweise kleinen Fläche gesehen, eine Grube, von einer Halle überdeckt, dort konnte man an eine Rampe fahren und sich seines Abfalls werfend entledigen, worauf eine große Schaufel am Grund der Grube den Abhub zusammenkehrte und mit weiteren Abhüben auf ein Band beförderte, und das wird wohl der Weg der meisten Waren gewesen sein, die ich in meinem Leben verbraucht habe.

Für einen Teil, für einen sehr großen Teil meines Abfalls kann ich kein solches Bild entstehen lassen. Dieser Teil ist gasförmig, er besteht aus Abwärme und Oxidationen. Ein Leben in der Industriegesellschaft bedarf nicht nur des Materials, es bedarf vor allem der Energie. Es existiert eine Zahl für die Joule, die ich allein in meinen fünfzig Jahren umgesetzt habe, auch wenn ich sie nicht kenne und sie hier nicht nennen kann.

Und auch hier geht es mir nicht um Anklage. Ich bin eitel und klug genug zu erwähnen, dass mich dies so trifft wie jeden anderen meiner Mitbürger, jede andere meiner Mitbürgerinnen. Wir hinterlassen Müll. Viel Müll. Und der bleibt liegen. Lange. Sehr lange.

Nun gehört es zur guten Sitte, den Abfall hinter sich wegzuräumen. Und ich habe gehört, dass man sich in Deutschland gerne über die Liebe zur Mülltrennung lustig macht. Aber auch die Mülltrennung ist ein zivilisatorischer Fortschritt. Abfall ist schließlich relativ. Abfälle sind Rohstoffe, und eine Gesellschaft, die sorgfältig mit diesen Rohstoffen umgeht, ist eine kluge Gesellschaft. Auch die Kiste meines Vaters ist Rohstoff, nicht besonders kost-, aber in fast allen Teilen rezyklierbar. Doch alles können wir nicht verwerten, verbrennen, einem neuen Zweck zuführen.

Eigentum versteht man schnell, wenn man über seine Negation nachdenkt. Die Rechtswissenschaft hat dafür einen fast poetischen Begriff gefunden, das herrenlose Gut. Es gehört niemandem, entweder weil es nie jemandem gehört hat oder weil ein Eigentümer auf seine Rechte verzichtet.

Wilde Tiere sind herrenloses Gut, was ein sehr schöner Gedanke ist, aber nur so lange, bis die Tiere erlegt oder überfahren sind, dann ist Schluss mit der Herrenlosigkeit und der Schönheit. Vielleicht waren auch die Menschen einst herrenlos wie die wilden Tiere, und wir wären, wie Rousseau meinte, wirklich frei geboren, darin allen Menschen und allen wilden Tieren gleich.

Das wäre ein anderer Stammbaum, auf den sich eine andere Gesellschaft berufen könnte. Diese müsste dann die wilden Tiere ins Erbrecht einschließen. Aber das sind wir nicht, wir enterben den Großteil dieser Familie und werden dabei als Spezies immer einsamer. Und diese Einsamkeit dürften wir mit einiger Wahrscheinlichkeit nicht überleben.

Der Staat hasst das herrenlose Gut. Was soll er damit? Es ist ja in der Regel Zeugs, das keiner haben will. Ruinen, Ödland, Abfall. Der Abfall ist ein Zwitter. Gerade noch im Besitz des Eigentümers, jetzt schon an der Straße und aufgegeben. Abfall wird man leicht los. Man stellt ihn an die Straße, wirft ihn in eine Tonne, weg ist er, und man denkt nie wieder daran.

Die Geschichte der bürgerlichen, der industriellen Massengesellschaft lässt sich anhand des Abfalls erzählen, oder man könnte sie so erzählen, wenn man sich die Mühe machte. Abfälle enthalten Information, Müllhalden und sogar Aborte erzählen uns viel über das Leben einer Gesellschaft, und man hört Gerüchte, nach denen der russische Diktator argwöhnisch über seine Ausscheidungen wacht, sich auf Reisen die Exkremente von Leibwächtern einpacken lässt, und falls das Propaganda sein sollte, so stimmt es eben doch: In den Ausscheidungen lesen wir die Geschichte.

Wenn wir es denn wollen und vermögen. Doch die Überlieferung ist spärlich. Die Menschen, die den Abfall wegräumen, den Auswurf und die Exkremente, werden selten in den Blick genommen. Ein rares Beispiel aus der Zeit Darwins stammt von James Greenwood, einem Undercover-Journalisten der Viktorianischen Ära. In seinen «The Wilds of London» von 1874 beschreibt er die «Dustmen», die Menschen, die den Abfall wegräumen und aufbereiten. Sein Bericht zeigt, wie Erbe, Familie, Status und Müll verbunden sind und warum wir kaum darüber reden.

«Hat der Leser jemals Staubwäscher bei der Arbeit gesehen? Wenn ja, dann wurde er Zeuge einer der ekelhaftesten und entwürdigendsten, wenn nicht sogar der ekelhaftesten und entwürdigendsten Anwendung weiblicher Arbeit. Wie jeder weiß, findet nicht nur Staub seinen Weg in die dafür vorgesehenen Behälter. Alle Arten von pflanzlichen und tierischen Abfällen werden dort hineingeworfen und sammeln sich an, um zu verrotten und zu verwesen, bis der Müllmann seinen Ruf ertönen lässt. Dann wird der Inhalt des Behälters weggekarrt und direkt auf den Müllplatz gebracht, wo die Sieber arbeiten. Die Sieber sind ausnahmslos Frauen und Mädchen, und die ‹Fütterer› – diejenigen, die den Mist aufschaufeln und in das Sieb werfen – sind Jungen zwischen zehn und fünfzehn Jahren. Die Sieberin ist von pittoresker Erscheinung. Sie trägt kurze Unterröcke, einen dicken Schal um Hals und Brust und eine große Haube, die bei den jungen und eitlen Frauen offenbar als Behälter für all die fröhlichen Funde in Form von Bändern und Kunstblumen dient, die im Sieb auftauchen können. Die Siebträgerin trägt um die Taille eine lederne Schürze, die ungefähr die gleiche Beschaffenheit hat wie der ‹Fächerschwanz› ihres Mannes.

Sie steht bis knapp über die Knie in Asche. Ihr Sieb ist groß, hat einen Durchmesser von drei Fuß und wiegt etwa zehn Pfund. ‹Sarve!›, sagt sie zum Fütterer, und der Fütterer schüttet sogleich eine riesige Schaufel aus dem stinkenden Haufen in ihr Sieb. Sie stößt das Sieb mit erstaunlicher Gewalt gegen ihre Schürze und sortiert dann, was nicht durch die Maschen passt – ihre Nase und ihr Mund sind dabei nur eine halbe Armlänge von der schrecklichen Ansammlung entfernt. Sie ist umgeben von Körben für das ‹Sortieren› – die Knochen, die Lumpen, die Brotstücke, die alten Schuhe, die großen Schlacken und Kohleklumpen und die Metallstücke.

Was dann noch übrig bleibt, wird auf einen Haufen ‹Kern› geworfen und für den Bau neuer Straßen verwendet. Die Lumpen und Knochen werden als Dünger und für die Papierherstellung verkauft, die Kohle und die Schlacke werden zur Herstellung von Ziegeln verwendet und die alten Schuhe für das heftigste Feuer zum Färben von feinem Stahl.

Die Brotreste sind wertvoller als alles andere, denn sie werden für achtzehn Pence pro Zentner an Schweinezüchter als Mastfutter verkauft.

Nur ‹Metall› wird vom Vorarbeiter der Werft als legitime

‹Vergünstigung› betrachtet, es sei denn, es nimmt die Form von Geld an. Das gesamte gefundene Geld (und die Menge ist, wie mir berichtet wurde, in Werften wie der von Herrn Dodd oder Stroud, die große Gruppen von Siebmaschinen beschäftigen, im Laufe eines Quartals sehr beträchtlich) wird aufbewahrt und zu bestimmten Zeiten gleichmäßig verteilt.

Es kommt nicht selten vor, dass eine ganze Familie, einschließlich Großvater und Großmutter, Söhne und Töchter, Enkel und Enkelinnen, in der gleichen Firma sind.»

Das wirkt fast pittoresk, folkloristisch. Aber James Greenwoods Reportagen blieben nicht folgenlos. Die Beschreibung entsetzlicher Armut, ein gern gelesener Stoff der bürgerlichen Literatur des neunzehnten Jahrhunderts, verbesserte nach und nach auch die Situation der Londoner Müllmenschen. Soziale Ungerechtigkeiten fanden eine Stimme. Die Menschen organisierten sich. Städtische Angestellte genießen in westlichen Gesellschaften mittlerweile Privilegien. Wer würde das nicht begrüßen? Wer würde daran zweifeln, dass sich mit dem Schicksal der Ärmsten das Schicksal der gesamten Gesellschaft verbessert hat? Es lohnt sich, die Aufmerksamkeit den Verachteten zu schenken, es lohnt sich nicht nur für sie selbst, es lohnt sich für alle.

Nun wissen wir zwar, dass die abscheulichen Sortierstationen aus London verschwunden sind, der Müll aber deswegen nicht kleiner, sondern größer geworden ist.

So schrecklich die Szenen auch waren, die James Greenwood beschrieb, er wusste noch nichts vom Erdöl und von der gottähnlichen Rolle, die es seit dem Beginn des folgenden Jahrhunderts spielen sollte. Zu seiner Zeit fing man gerade erst an, es anstelle tierischer und pflanzlicher Energieträger zu verbrennen. In jenen Jahrzehnten wurden in Rumänien und in der Ukraine die ersten Ölfelder kommerziell erschlossen. Jenseits des Atlantiks etablierte sich James D. Rockefeller mit seinen Fördertürmen in Pennsylvanien und hatte mit der Standard Oil Company bald die Welt erobert. Damit war die Falle gestellt, seitdem herrscht Naphtha, Gott des Öls.

Das ist der Müll, das ist das Erbe ohne Erben, das herrenlose Gut, an dem unsere Zivilisation zu ersticken droht und das endlich Gesetze braucht, neue Gesetze, denn jene vom Eigentum, vom Erbe, von der Familie fassen die Wirklichkeit nicht, in der wir leben. Sie haben unsere Zivilisation in eine Sackgasse geführt.

Um seine eigene Müllhalde muss sich niemand kümmern. Seinen Besitz muss man hüten, für seinen Wagen braucht man eine Garage, für die Liegenschaft einen Hypothekarkredit, ein Bankkonto und eine Brieftasche für die flüssigen Mittel, aber der Müll wird dem Menschen unserer Gesellschaft abgenommen, weggetragen, wir stellen ihn auf die Straße, werfen ihn in die Tonne, und vor allem furzen wir ihn in die Atmosphäre. Dann gehört er allen und heißt Methan und CO_2 oder Fluorkohlenwasserstoff, und man müsste zurückgehen zu den Pionieren der Thermodynamik, zu diesem reizenden und jung verstorbenen Sadi Carnot, zurückgehen zur Entropie und zum armen Ludwig Boltzmann, ob man bei ihnen eine Möglichkeit findet, den Gasen das Flüchtige zu nehmen, einen Namen findet, der sie anschaulich macht als Müll, als Abfall, als Auswurf unserer Zivilisation, als unser Erbe, dem herrenlosen Gut. Um dieses Erbe müssen wir uns kümmern, um das, was wir vermachen. Dafür brauchen wir eine Sprache, eine Erzählung, eine Welt, Anerkennung, Recht und Politik. Das andere Erbe aber, was wir übernommen haben an Ideen, Vorstellungen und Zwängen, das können wir ablegen. Es gibt überhaupt kein «geistiges Erbe», das nicht ausgeschlagen werden könnte. Wenn wir den Willen haben, können wir die Bezüge selbst wählen, und wir sollten es tun. Im Gegensatz zur biologischen ist jede kulturelle Herkunft selbst gewählt.

Im Lebenslauf, den ich in Vaters Kiste fand, mit Kugelschreiber auf einen karierten Bogen halber Größe geschrieben, erwähnt er die Zeit im Knast nicht. Er gibt an, eine Lehre als Kellner und als Koch absolviert zu haben, aber ich habe keine Belege, ob dies den Tatsachen entspricht. Bis beinahe ans Ende seines Lebens hat er im Gastgewerbe gearbeitet, aber die schlechten Lokale und die miesen Gehälter lassen Ausbildung und Diplome unwahrscheinlich erscheinen. Mein Vater hatte ein besonderes Verhältnis zur Wahrheit, entscheidend für eine Geschichte war, wie gut sie funktioniert. Er war bekannt als unterhaltsamer Mensch, ein glänzender Erzähler, der alles dransetzte, die Wirklichkeit einen Augenblick aufzuheben und eine andere, neue entstehen zu lassen, und das war natürlich seine eigene Wirklichkeit, die er gestaltet hatte und in der er als ehrlicher, liebenswerter Mensch erschien, der nur durch unvorhergesehene Umstände in eine dumme Lage geraten war, weshalb er um eine kleine Hilfe bitten müsse, die er natürlich unverzüglich wiedergutmachen werde. Man findet dieses Talent noch im Staunen der Geprellten wieder. Wie konnte man ihm nur glauben? Wie konnte man nur auf ihn hereinfallen?

Man mag sich lustig machen darüber. Interessanter ist aber die Frage, wie er in diesem kleinen Territorium, dem Berner Oberland, so lange überleben konnte. Er ist immerhin sechsundfünfzig geworden. Die soziale Härte in der wohlstandsverwöhnten Schweiz ist nicht zu unterschätzen, und wie ein großer Poet dieses Landes einmal meinte, beißt man sich hier zwar nicht, aber man kaut sich gegenseitig zu Tode. Der Zwang zur Konformität, zur Bereitstellung seiner vollen Arbeitskraft, lässt niemals nach. Urlaub wird nur selten gewährt, Rechnungen können beglichen, gestundet, abgestottert, aber niemals kassiert werden. Dazu kommt die weit verbreitete und tief empfundene Frömmigkeit, die so gern in Bigotterie umschlägt. Die Freikirchen beherrschen das Terrain, darunter radikale Pfingstgemeinden und obskure, sippenähnliche Vereine unter dem Vorsitz eines Papas, immer begleitet vom Gedudel aus den Alphütten, bekränzt mit dem ewigen Kitsch aus Gletscherfirn und Alpenrosen.

Es braucht hierzulande besondere Talente, um seinen Gläubigern zu entkommen. Talent und eine gute Geschichte.

Letzten Endes ist es ihm nicht gelungen. Es hat ihn erwischt, in einer gewöhnlichen Stadt an einem gewöhnlichen Nachmittag auf einem gewöhnlichen Gehsteig. Man brachte ihn ins Universitätsspital, eine Institution, deren Leistungen im Weltmaßstab keinen Vergleich zu scheuen brauchen. Und doch kamen sie hier an ein Ende, das Loch, das der Infarkt in sein Herz gerissen hatte, so groß wie die Münze, die in seiner Tasche stets gefehlt hatte.

Ich will ihm danken für dieses Erbe und, sobald ich die Papiere wieder in die Kiste gepackt und die Ziffern der Hölle vergessen habe, ein Glas auf den Reichtum trinken, den er mir hinterlassen hat, ein Reichtum, der größer wird, je öfter ich ihn teile. Es ist, als ob rote Zahlen stets zu schwarzen Buchstaben würden. Überhaupt scheint das Leid, das von den Schulden ausgeht, wenigstens in Westeuropa einen wesentlichen Teil der Dichtung zu stiften. Im Deutschen steht die Schuld nahe an den Schulden, und so sind die Erzählungen, die Romane häufig beschäftigt mit den Konkursiten, den offenen Rechnungen, oder, wie Fernando Pessoa schreibt in seinem «Buch der Unruhe»: «Wir alle, die wir träumen und denken, sind Buchhalter und Hilfsbuchhalter in einem Stoffgeschäft oder irgendeinem anderen Geschäft in irgendeiner Unterstadt. Wir führen Buch und erleiden Verluste; wir ziehen die Summe und gehen vorüber; wir schließen die Bilanz, und der unsichtbare Saldo spricht immer gegen uns.»

Die doppelte Buchhaltung, diese bürgerliche Obsession, bestimmt als Generalbass so manchen Entwicklungsroman. Der Absturz in den Konkurs ist für einen Bürger immer ein Absturz in das Nichts. Seine Glaub- besteht in seiner Kreditwürdigkeit. Daran misst sich seine Potenz, sein Status, sein Sein. Für den Bürger ist das Eigentum mehr als sein Besitz, es definiert die Identität, die Freunde, den Körper, den Geist, sein Sein. Auswege gibt es. Die Delinquenz und die Askese. Beide sind mit einem hohen Preis verbunden, mit Einsamkeit und einem kurzen Leben.

Meinem Vater ist weder das eine noch das andere konsequent gelungen, und es scheint fast, als habe er beides gleichzeitig verfolgt, die Askese und die Delinquenz, was auf den ersten Blick als sehr unglückliche Idee erscheint. Der Kriminelle sollte von seinen Taten wenigstens kurzzeitig einen Vorteil haben und in seiner Flucht vor Strafe nicht auch noch asketisch leben müssen. Nein, mein Vater gehörte zu jenen Menschen, denen es nicht gelingt, ordentliche Bürger oder Kleinbürger zu werden, obwohl sie es versuchen, die immer wieder in ihren Ansätzen scheitern, weil sie zu schwach sind oder zu krank oder zu einsam oder zu ungebildet. Mit solchen Menschen kennt unsere Gesellschaft wenig Mitleid und Pardon.

Aber eine Sache hatte er eben doch begriffen. Jeder kann sich seine Geschichte erfinden. Man fürchtet sich vor dieser Einsicht, aber eigentlich ist es noch viel schlimmer: Man hat gar keine Wahl. Was immer man in der Gegenwart erschafft, verändert die Vergangenheit. Ausgerechnet Jorge Luis Borges, der mit der Vergangenheit auch so seine Probleme hatte, hat dies in seinem Essay «Kafka und seine Vorläufer» schlüssig nachgewiesen.

Er habe, so schreibt er dort, eines Tages den Vorsatz gefasst, die Autoren ausfindig zu machen, die das Werk des Pragers beeinflusst hätten, obwohl er zuerst davon ausgegangen sei, Kafka sei so einzigartig wie ein Phönix. Kaum aber habe er sich auf die Aufgabe eingelassen, fand er Bezüge in verschiedenen Literaturen und Epochen wieder. Zuerst in der klassischen griechischen bei Zenon, dann in einer Fabel von Han Yu aus dem China des neunten Jahrhunderts, bei Kierkegaard und beim Briten Robert Browning, namentlich in seinem Gedicht «Fears and scruples», schließlich bei Leon Bloy und Lord Dunsany.

Diese Namen braucht man nicht zu kennen, um zu verstehen, was Borges da entdeckt hatte. Alle diese Texte ähnelten Kafka, untereinander aber seien sie sich in nichts ähnlich. Man finde in jedem dieser Texte Kafkas Eigentümlichkeiten, aber wir könnten sie nicht erkennen, wenn es Kafka nicht gegeben hätte. Daraus folge, dass jeder Schriftsteller sich seine Vorläufer selbst erschaffe.

Wer ein Werk schafft, erschafft sich damit eine Tradition, die nicht gegeben, sondern konstruiert ist. Das gilt für jede

Erzählung: in der Wissenschaft, der Religion, der Literatur, dem Recht.

Er, der westeuropäische Mensch, findet Spuren, er deutet sie, und natürlich sieht er in seinen Funden und den Versuchen, ihnen eine Bedeutung zu geben, immer auch sich selbst, seine Zeit und Bewusstsein. So findet sich die Obsession für das Erbe der sumerischen Königsliste von Uruk im Leben ihres Räubers gespiegelt. Es ist eine besondere Pointe, wie Weld Blundell, der Mann, der diese Keramik aus dem Boden grub und nach England verschiffte, wo sie sich heute noch befindet, nämlich im Ashmolean Museum in Oxford, seinerseits in eine peinliche erbrechtliche Auseinandersetzung geriet. In dem Schloss, das er von einem Vetter geerbt hatte, befanden sich zwei wertvolle mittelalterliche Handschriften, die er auf einer Auktion versteigern lassen wollte, bis die rechtmäßige Besitzerin, die Witwe eines Miterben, Anspruch darauf erhob und Recht bekam. Die britische Gesellschaft war und ist in besonderer Weise von der Frage nach der Herkunft besessen.

Er hätte auch etwas anderes suchen können. Niemand zwang ihn, die sumerische Königsliste nach Oxford zu tragen. Es war seine Neurose, die ihn leitete, die Bedingungen in seiner Gesellschaft. Sein Fund bekam eine Funktion, die der Form folgte. Und natürlich hatte sie das Aussehen des britischen Empire.

In weiten Teilen Westeuropas ist die lebensweltliche Bindung zwischen Eltern und ihren erwachsenen Kindern lose geworden. Die Ökonomie, die Mobilität des Kapitals haben dies bewirkt. Wer kennt noch jemanden, der in die Familie gezwungen wurde, der das Geschäft oder den Hof gegen seinen Willen und gegen seine Neigungen übernehmen musste? Derartige Zwänge sind selten geworden, andere sind an ihre Stelle getreten. Die Ökonomie befreit und zwingt. Der Wille und die Kraft zur freien Entscheidung haben im Bewusstsein der Kinder zugenommen: Gleichzeitig sind diese Kinder weiterhin an ihre Herkunft gebunden und durch die Erbschaften segregiert. Das ist kein Widerspruch, es ist ein Zusammenhang. In meiner Gesellschaft zieht sich diese Grenze entlang des Liegenschaftbesitzes. Wer ein Haus besitzt, hat durch die hohen Bodenpreise entweder hohe Schulden oder ein hohes Vermögen. Zugang zu Grundbesitz ist nach wie vor der große soziale Marker, wenn es um Vermögensverteilung geht.

Einerseits verliert die Familie also an Bindungskraft, andererseits trennt sie die Gesellschaft weiterhin durch tiefe Gräben – auch das ist kein Widerspruch, sondern ein Zusammenhang. Wie kommt er zustande?

Die Erfahrung des Mangels macht das Leben bitter. Daraus ist die Idee entstanden, aus der Not eine Tugend zu machen und zu lieben, was man nicht überwinden kann. Der Glaube an den Wettbewerb ist der Glaube an den ewigen Mangel. Er hat seine Kirche gefunden, und diese Kirche kennt ihre Inquisition. Wie hat Schumpeter gemeint: Die Konkurrenz nimmt in die Zucht, bevor sie wirkt. Sie wirkt durch die Drohung, zurückzufallen im Rennen des Daseins. Die Hegemonie der Konkurrenz zeichnet meine Zeit aus. Aufmerksamkeit, Marktanteile, Profit, Status, Mittel: Alles hat sich der Konkurrenz zu stellen, eine andere Möglichkeit der Verteilung hat meine Gesellschaft kaum entwickelt.

Als konkurrenzunfähig Eingestufte haben keine Rechte. Die Alten und die Kinder werden beide nicht gefragt. Die Produktivität entscheidet über den Status.

Kinder können sich die Erwachsenen nicht aussuchen. Sie sind ihnen ausgeliefert. Es sind die Schutzbefohlenen, die Unmündigen, die Ungefragten. Viele Kinder würden weglaufen, wenn sie könnten. Sie haben keine Sicherheit, auch nicht in den Familien. An Kindern werden die schlimmsten Verbrechen begangen, und häufig geschehen sie eben dort, in den Familien. Warum sollte man in unserer Welt die Verantwortung den Eltern überlassen und nicht den Kindern? Warum sollten Kinder nicht das Recht auf Selbstbestimmung haben? Weil sie nicht für sich sorgen können? Dann dürften auch behinderte und betagte Menschen kein solches Recht besitzen. Weil Kinder unfähig sind, über ihr eigenes Wohl zu entscheiden? Das wäre als Argument zulässig, wenn dies ab achtzehn Jahren möglich wäre. Erwachsene dürfen so viele unvernünftige, absurde, törichte und gefährliche Entscheidungen treffen, wie sie wollen, aber solange sie nicht gegen Gesetze verstoßen oder sich oder andere damit gefährden, kommt niemand auf die Idee, ihnen das Recht auf Selbstbestimmung zu entziehen. Ganz abgesehen davon könnte man bei manchen Taten der Erwachsenen, die als ungefährlich gelten, mit zwei Sätzen beweisen, dass das Gegenteil zutrifft.

Kinder sind der Konkurrenz nicht fähig, deshalb sind sie ohnmächtig. Aber Konkurrenz ist unverhandelbar. Mit ihr entsteht diese Gesellschaft, in der ich lebe.

Gegen innen hat meine Gesellschaft den Sozialstaat entwickelt, die Versicherung gegen Arbeitslosigkeit und die Altersrente. Meine Gesellschaft ist keine gerechte Gesellschaft, aber die Entwicklung des Sozialstaates gab ihr ein Projekt. Kinder müssen sich heute nicht mehr unbedingt um ihre alten Eltern kümmern. Sie dürfen, wenn sie wollen, aber es wird von den alten Menschen erwartet, dass sie für sich selbst sorgen können durch die Vorsorge. Viele Kinder kümmern sich um ihre alten Eltern, aber sie sind weniger auf Gedeih und Verderb von ihnen abhängig.

Wenig ist geblieben von den lebenslänglichen und ökonomischen Zusammenhängen, in denen Menschen noch vor fünfzig oder hundert Jahren lebten. Vom Bund des Lebens, der Ehe, zwischen Mann und Frau, mit dem Mann als Ernährer, der Frau als Mutter und Herrin des Hauses, davon redet nur noch eine Minderheit. Der Anspruch, sein Leben nach eigenem Gutdünken zu gestalten, wenig beschränkt von gesellschaftlichen Normen, ist in den westlichen, liberalen Gesellschaften dominant. Jetzt gibt es zwar die Ehe für alle, und in immer mehr Ländern werden homosexuelle Partnerschaften den heterosexuellen gleichgestellt. Die bürgerliche Gesellschaft folgt ihrem Anspruch, die rechtlichen Verhältnisse zu homogenisieren, aber das Erbrecht, die Nationalität und vor allem das Privateigentum bleiben davon ausgenommen.

Die Kritik am Privateigentum ist durch die weltanschaulichen Kämpfe des neunzehnten und zwanzigsten Jahrhunderts geprägt, um nicht zu sagen, vorbelastet. Wer das Privateigentum in Zweifel zieht, hat sich in der politischen Auseinandersetzung bereits festgelegt. Er gilt als verrückt und gefährlich. Diese Reflexe funktionieren. Die weltpolitische Auseinandersetzung zwischen 1945 und 1990 verlief entlang der Eigentumsfrage. Sie wurde entschieden. Wer seither das Privateigentum kritisiert, ist entweder tollkühn oder verrückt und wahrscheinlich beides.

Die Argumente sind statisch. Es reicht, auf die Eigentumsgarantie in den westlichen, liberalen Verfassungen hinzuweisen. Eigentum ist Eigentum ist Eigentum. Und wenn Erbschaften besteuert werden sollen, dann behauptet man einfach, das Geld sei ja bereits versteuert durch Einkommen und Vermögen. Aber seit wann ist es verboten, dass der Staat drei Mal zugreift?

Vielleicht ist es besser, dem Privateigentum, diesem Kläffer, seinen Knochen zu lassen. Er schnappt nach allem, was ihm den Schatz nehmen will.

Eine andere Methode? Eine andere Kategorie begünstigen. Wir fügen dem Privateigentum das Gemeingut hinzu, erweitern es nach Jahrzehnten der Schrumpfung wieder auf weitere Teile der Produktionsmittel.

Es gibt genossenschaftliche Strukturen, immer noch, aber sie haben gelitten. Eine Kooperative hat mir gezeigt, dass Lohngleichheit und Selbstbestimmung unter den Mitarbeitenden möglich sind. In meinem Fall war es eine mittelständische Buchhandlung, in der ich mit Mitte zwanzig arbeitete. Wettbewerb und Konkurrenz waren dort nachrangig. Die Freude an der Arbeit, an der Literatur, das Gespräch über Bücher, der Platz in jener Stadtgesellschaft, die Teilhabe an einer geistigen Infrastruktur – das stand an erster Stelle. Ich erinnere mich an den Moment, als diese Genossenschaft unter Druck geriet, in den ersten Jahren der Digitalisierung. Es war die Globalisierung des Geschäftsfeldes, die den lokalen Bedürfnissen in die Quere kam, selbst in einem so stillen Winkel der Wirtschaft wie dem Buchhandel. Aber nicht durch die Technologie, auch nicht durch eine direkte Konkurrenz, die uns zwar zusetzte, aber nicht zu arg. Auch in dieser Branche dachten Wettbewerber nun jedoch bald in

Skaleneffekten, in Preisspannen. Der wichtigste Grund für die Krise der genossenschaftlichen Idee war der Geist, der sich vom Lokalen abwandte und in die Welt ging. Jeder interessierte sich jetzt für die Welt, und die Welt empfing unsere Neugier. Die Tickets wurden billig. Reisen war kein Problem mehr. Es war eine Befreiung der Menschen aus dem Lokalen, aber sie blieb nicht ohne Widersprüche. Vielleicht haben wir die Genossenschaft zu früh aufgegeben.

Aber es gibt sie ja noch. In meinem Land, der Schweiz, sind einige der größten Unternehmen als Genossenschaften organisiert. Im Einzelhandel und in der Versicherungsbranche haben einige überlebt. Die größte Einzelhandelskette der Schweiz ist eine Genossenschaft. Sie gehört ihren Mitgliedern, und Mitglied können alle werden. Die Anmeldung dauert keine fünf Minuten. Das führt zu interessanten Vorgängen. So stimmten die Mitglieder der Genossenschaft vor einigen Monaten darüber ab, ob Tabak und Alkohol in das Sortiment aufgenommen werden sollten oder nicht. Der Gründer hatte dies ausgeschlossen, es ist eine gute, breit akzeptierte, volksgesundheitliche Tradition, stil- und kulturbildend. Die Genossenschaft ist glaubwürdig dadurch, aber natürlich entgehen ihr damit Profite. Zudem ist sie Besitzerin einiger Unternehmen, die sehr wohl Alkohol und Tabak verkaufen, und zwar nicht zu knapp. Trotzdem lehnten alle Teilgenossenschaften die Vorlage mit großer Mehrheit ab.

Dies ist eine Anomalie. An ihnen kann man sich entwickeln. Genauso übrigens, wie Darwin es gezeigt hat. Ob man nun Alkohol und Tabak mag oder nicht, das Beispiel zeigt, dass ökonomische Prozesse nicht alternativlos sind. Warum stimmen wir nicht darüber ab, wie viele Schweine wir jährlich schlachten wollen, dürfen, sollen, damit es uns allen gut bekommt?

Wir müssten diese Geschäftsform nicht eigens erfinden, es gibt sie ja, die Genossenschaft, wir müssten sie bloß entwickeln. Wir brauchen in den Produktionsverhältnissen mehr Demokratie, mehr Bestimmung, und wenn diese Demokratie in einer globalisierten Gesellschaft wirksam sein soll, kann sie nicht nationalstaatlich beschränkt sein.

Das ererbte Privatvermögen in Gemeingut überführen wird lange dauern, viele Generationen, ein Projekt, das auf hundert Jahre zu planen wäre. Wir müssten die Verluste der Eigentümer und den Gewinn für die Allgemeinheit drei oder vier Generationen in die Zukunft verteilen.

Eine reizvolle, weil gleichzeitig alte und moderne Form des Gemeingutes ist die Allmende. Der Einzelne darf es nutzen, verwaltet aber wird die Allmende kollektiv. Alpweiden sind häufig Allmenden, aber ihre Idee funktioniert auch in großen und sogar riesigen Organisationen, zum Beispiel bei «The Fund», mit einer Billion Euro der kapitalstärkste Börsenfonds der Welt.

Als Norwegen in den sechziger Jahren des letzten Jahrhunderts in der Nordsee auf Öl stieß, entschloss sich das Land, den Reichtum als Gemeingut zu verwalten. Nach den Statuten darf der Profit aus dem Öl nur im Ausland investiert werden. Nachhaltigkeit und soziale Gerechtigkeit müssen berücksichtigt werden. So soll in sechzig Jahren, wenn die Vorkommen ausgebeutet sein werden, das Vermögen auch den kommenden Generationen zur Verfügung stehen. Norwegerinnen und Norweger leben vom Fischfang. Ozeane sind eine natürliche Allmende. Es wäre sinnlos, sie zu besitzen.

Für die Atmosphäre gilt dasselbe. Wem sollten die Wolken, der Regen und der Wind gehören? Das Wetter mag unterschiedlich sein, aber für uns alle gibt es nur ein Klima. Doch die Luft wird als passive Ressource und als De-facto-Privateigentum genutzt, als Abfallhalde, als Grube für den Müll der Industriegesellschaft.

Es gibt genug Beispiele. Wir sollten neue, bessere entwickeln. Warum wir das tun sollten? Um die Mittel dem Konsum zu entziehen. Um der Gerechtigkeit willen. Um die Frage zu beantworten, wie wir erfolgreich an einer gerechteren Welt arbeiten können. Unsere Gesellschaft schafft Vermögen in nie gekanntem Ausmaß, und sie produziert Abfall in nie gekanntem Ausmaß. Beides müssten wir gerechter verteilen. Im eigenen Interesse, denn Ungerechtigkeit ist ein Sicherheitsproblem. So viel sollten wir gelernt haben.

Gegen innen hat meine Gesellschaft den Sozialstaat entwickelt, gegen außen wurde dies nicht einmal als Notwendigkeit erkannt. Für die Menschen in den Produktionsstandorten gelten die lokalen Arbeitsgesetze, falls es überhaupt Gesetze gibt. Geregelte Arbeitszeiten, bezahlte Ferien, Rente mit 65, die Vierzigstundenwoche: Dies sind auf dieser Welt Privilegien, keine Rechte. Den Menschen in den philippinischen Textilfabriken kann es so schlecht gehen, wie es ihnen eben geht, und wenn sie während ihrer Arbeit verbrennen, entsteht daraus weder politischer Druck noch Handlungsmacht. Die amerikanische Schriftstellerin Zora Neale Hurston schreibt im Jahre 1932 einen ungeheuren Satz. «Slavery is the price I paid for civilization, and the choice was not with me.» Zu viele zahlen immer noch diesen Preis und haben keine Wahl.

Keiner sucht es sich aus. Wir kommen ungefragt in die Welt. Und wir finden sie gebaut, wir finden Häuser und wir finden Tanzlokale und wir finden Schulen und wir finden das Leben der andern, die ebenso ungefragt hier sind. Niemand darf es sich aussuchen, von wem er gezeugt wird, wer ihn gebiert, wer seine Eltern sind, wo das Krankenhaus steht, ob es überhaupt ein Krankenhaus ist, ob dieses Krankenhaus ordentliche Ärztinnen und Ärzte kennt, die notwendigen Apparate, oder ob dieses Krankenhaus während seiner Geburt gerade bombardiert wird. Für viele, für sehr viele, für zu viele Menschen beginnt mit der Geburt ein Albtraum, für manche ein leidliches Leben, für andere beginnt der Wohlstand, der Reichtum.

So ungefragt wir all dies zugeschrieben bekommen, vermacht, so ungefragt müssen wir es auch wieder abgeben, gemeinsam mit dem sprichwörtlichen Löffel. Nur scheint es so, zum ersten Mal in unserer Geschichte, dass wir unseren Nachgeborenen nicht nur die Ruinen und den Müll hinterlassen, sondern aus unserer Gegenwart in ihre Zukunft greifen und ihnen dort noch die Grundlagen nehmen. Was wir ihnen hinterlassen, ist im Wesentlichen eine Nicht-Existenz, ein Schweigen, das Schweigen der Welt, das Schweigen der Tiere, der Insekten, all dessen, was man so gerne technisch und beschönigend die Biodiversität nennt. Überhaupt bemänteln wir die Wirklichkeit gerne mit hübschen Begriffen, wie etwa jenem des «Anthropozäns», als habe der Mensch als solcher dieses Elend angerichtet, und dabei sind es doch nur fünf oder sechs Generationen, die für diese Situation verantwortlich sind, jene, die sich abgelöst haben, seit man zum ersten Mal kommerziell eine Ölquelle ausbeutete.

Politisch haben wir noch keine Antwort auf die Fragen,

die sich aus dieser Tatsache ergeben. Sicher ist: Eine Gesellschaft, die sich der Klimapolitik verschreibt, muss notwendigerweise den Eigentumsbegriff und das Erbrecht überdenken.

Die Asche meines Vaters musste ich am Ende noch ein zweites Mal suchen. Wir waren mehr zufällig in M., dem Ort, wo er begraben liegt. Er befindet sich am Ende eines Tals, in einem Kessel, Wasserfälle, hoch über dem Dorf ein Gletscher. Ich hatte meiner Tochter versprochen, ihr die Nische zu zeigen, in die ich vor fünfundzwanzig Jahren, lange vor ihrer Geburt, die Urne gestellt hatte, an einem bitterkalten Januarmorgen. Aber jetzt war nichts mehr in der Friedhofsmauer hinter der Kirche, keine Steinplatte, kein Name, nichts, es war, als hätte es ihn niemals gegeben. Und wie so oft, wenn ich mit meinem Vater zu tun hatte, fühlte ich mich als Phantast, als Hochstapler.

Die Totenruhe dauerte hier fünfundzwanzig Jahre, was ich bei Erdgräbern nachvollziehbar fand, denn ein Grab nahm einen guten Quadratmeter Boden ein, und wenn in dieser Gegend im Jahr hundert Menschen starben, dann besetzten die Toten in vier Jahren ein Fußballfeld, was in einer Gegend, in der Kulturland knapp ist, natürlich nicht zu verantworten war. Eine Urnennische fiel dagegen kaum ins Gewicht, es war das verdichtete Bauen im Reich der Toten. Die Friedhofsmauer war längst nicht besetzt, es gab keine Notwendigkeit, meinen Vater auszuräumen.

Ich fühlte mich auf eine seltsame Weise gekränkt und bestätigt. Gekränkt, weil mich die Verwaltung darüber hätte informieren müssen, bestätigt, weil dieser Ort meinen Vater schon einmal vor die Tür gesetzt hatte, damals allerdings noch als Lebenden. Sie war mit seiner Asche wie mit seiner Person umgesprungen, man schien ihm keine Ruhe zu gönnen, und als ich wieder zu Hause war, hoffte ich sehr, dass ich mich in dieser Sache geirrt habe und sie ihn bloß versetzt haben.

Die Friedhofsverwaltung anzurufen und nach dem Verbleib seiner Asche zu fragen, habe ich mich bis heute nicht getraut – obwohl ich, wie gesagt, in dieser Sache bereits Erfahrung habe, oder eben nicht obwohl, sondern weil ich eine solche Erfahrung habe. Nach der Asche seines Vaters zu suchen ist eine seltsame Aufgabe, und vor allem würde ich auch hier die mögliche Antwort fürchten. Ich weiß nicht, was sie mit dem Abhub aus Menschenleben anstellen, ob es dafür ein angemessenes Protokoll gibt. Es war eine Urne aus Steingut, unglasiert, aus Ton, die fällt zerbrochen auf einer Schutthalde nicht auf, aber nicht alle müssen sich in dieser Sache in derselben Weise bescheiden, viele werden natürlich eine Urne aus Messing oder einem anderen Metall wählen, und man würde gerne wissen, was in diesem Fall mit dem Altgut geschieht. Ich habe nach den Erfahrungen von vor fünfundzwanzig Jahren wie gesagt Scheu vor dem Anruf. Ich weiß, mit welcher Reaktion ich zu rechnen habe. Die Erinnerung an meinen Vater dürfte in jener Gegend auch nach so langer Zeit nicht nur gute Gefühle auslösen, und ob ich bei den zuständigen Behörden so beliebt und gern gesehen bin, daran mag man Zweifel haben.

Grab hat er keines mehr, aber er hat nun doch einen Platz gefunden, hier in dieser Geschichte, die natürlich in keiner Weise die Geschichte seines Lebens ist. Dieser Mensch, von dem es heißt, er sei mein Vater gewesen, war ganz anders, und über seine tatsächliche Existenz, wie er geliebt und gelitten hat, davon habe ich in dieser Kiste nichts gefunden.

Meine Herkunft bleibt ungewiss. Ich könnte darüber nicht glücklicher sein. Es heißt, die Heimat sei dort, wo deine Toten liegen. Meine Mutter starb auf einer karibischen Insel, auf der sie die letzten zwanzig Jahre ihres Lebens verbracht hatte. Ein Fall von Wirtschaftsemigration in die umgekehrte Richtung. Das Leben in der Schweiz konnte sie sich als alte Frau nicht mehr leisten. Ihre Asche wurde im Lanmè Karayib ausgestreut. Vom Alpenfirn ins Karibische Meer, das soll mir als Spanne meiner Herkunft gerade weit genug sein.

ANMERKUNGEN

Dieses Buch hat seinen Ursprung in einem Vortrag, den ich im Herbst 2021 auf Einladung der Rechtswissenschaftlichen Fakultät an der Universität Zürich und später in erweiterter Form anlässlich der «Weimarer Reden 2022» am Deutschen Nationaltheater hielt. Aus dem Versuch, über die «Rechte der Nachgeborenen» nachzudenken, über das Problem, wie wir als Gesellschaft die Interessen der kommenden Generationen formulieren und in den demokratischen Prozess einbringen können, wurde bald eine Auseinandersetzung mit meiner eigenen Herkunft, dem eigenen Erbe.

Erbschaften, ihre sozialen Bedingungen, ihre Metaphern, ihre Metaphysik prägen die Wissenschaften, namentlich die Soziologie und die Ethnologie, seit ihren Anfängen im neunzehnten und im frühen zwanzigsten Jahrhundert. Die entsprechende Literatur ist unübersehbar. Hier nur eine kleine Auswahl der Titel, auf die ich bei der Recherche immer wieder zurückgegriffen habe.

Die Mischna: Frauen – Seder Nashim. Hg. u. ü. v. Michael Krupp. Berlin 2010.

Georg Simmel, Schriften zur Philosophie und Soziologie der Geschlechter. Hg. v. Heinz-Jürgen Dahme, Klaus Christian Köhnke. Frankfurt am Main 1985.

Marcel Mauss, Die Gabe. Form und Funktion des Austauschs in archaischen Gesellschaften. Ü. v. Eva Moldenhauer. Frankfurt am Main 1990.

Georg Simmel, Das individuelle Gesetz. Philosophische Exkurse. Hg. v. Michael Landmann. Frankfurt am Main 1987.

Georg Simmel, Schriften zur Soziologie. Eine Auswahl. Hg. v. Heinz Jürgen Dahme, Otthein Rammstedt. Frankfurt am Main 1986.

Peter Laslett, Karla Oosterveen, Richard M. Smith (Hg.), Bastardy and Its Comparative History. London 1980.

Pierre Bourdieu et al., Das Elend der Welt. Gekürzte Studienausgabe. Konstanz 2010.

Philippe Ariès, Geschichte des Todes. Ü. v. Hans-Horst Henschen, Una Pfau. München/Berlin 1980.

Jack Goody, Joan Thirsk, E. P. Thompson (Hg.), Family and Inheritance. Rural Society in Western Europe 1200–1800. Cambridge 1976.

Michael Mitterauer, Reinhard Sieder (Hg.), Historische Familienforschung. Frankfurt am Main 1982.

Karl Markus Michel, Ingrid Karsunke, Tilman Spengler (Hg.), Die Erbengesellschaft. Kursbuch 135. Berlin 1999.

Werner Egli, Kurt Schärer (Hg.), Erbe, Erbschaft, Vererbung. Zürich 2005.

S. 19: *«Geh fort aus deinem Land, aus deiner Verwandtschaft …»* Die Geschichte der Bibelübersetzungen würde ein eigenes Buch rechtfertigen, und wer nur eine einzige von ihnen konsultiert, geht sicher in die Irre. Selten erwähnt, immer wieder lehrreich: Bibel in gerechter Sprache. Hg. v. Ulrike Bail, Frank Crüsemann, Marlene Crüsemann u. a. Gütersloh 2011.

S. 30: *«Als ordentliche Erben gelten Kinder, die dem Verstorbenen …»* Hier halte ich mich vor allem an diese lehrreiche und sehr lesbare Einführung: Ulrike Babusiaux, Wege zur Rechtsgeschichte: Römisches Erbrecht. Köln 2015.

S. 37: Das hier erwähnte Nachwort findet man in dieser Ausgabe: Gaius Iulius Caesar, Der Gallische Krieg. Hg. v. Marieluise Deissmann. Stuttgart 1980.

S. 41: *«Sorgen wir dafür, dass das mit dem Jahre* 1959 *begonnene …»* Die Ausgabe mitsamt dem zitierten Nachwort war bei der Drucklegung nach wie vor im Handel: Charles Darwin, Die Entstehung der Arten. Stuttgart 1963.

S. 43: *«Auf diese Tatsache hat man gelegentlich hingewiesen, oft in verschämtem Tonfall …»* So zum Beispiel Albrecht Koschorke auf Seite 337 seiner souveränen Einführung zur Erzähltheorie: Albrecht Koschorke, Wahrheit und Erfindung. Grundzüge einer Allgemeinen Erzähltheorie. Frankfurt am Main 2017.

S. 45: Den Streit zwischen Carl R. Woese und Ernst Mayr über die Archaebacteria kann man in diesen beiden wissenschaftlichen Papers nachlesen:

Carl R. Woese, Default taxonomy: Ernst Mayr's view of the microbial world. In: Proceedings of the National Academy of Sciences of the United States of America, Vol. 95, S. 11043–11046. Washington 1998.

Ernst Mayr, Two Empires or three? In: Proceedings of the National Aca-

demy of Sciences of the United States of America, Vol. 95, S. 9720–9723. Washington 1998.
Ernst Mayr gehörte zu den bedeutendsten Evolutionsbiologen des zwanzigsten Jahrhunderts, mit großen Verdiensten auf dem Gebiet der Taxonomie. Trotzdem hat Woese in dieser Auseinandersetzung am Ende recht behalten.

S. 45: *«Keine Gesellschaft, ebensowenig die Menschheit …»* Das ist kein Fehler der Übersetzung. Das entsprechende Zitat klingt auf Französisch ebenso machistisch: «Aucune société, l'humanité elle-même, ne pourrait exister si les femmes ne donnaient naissance à des enfants, sie elles ne bénéficiaient pas d'une protection masculine pendant leurs grossesse et tant qu'elle nourrissent et élèvent leur progéniture.»

André Burguière, Christiane Klapisch-Zuber, Martine Segalen u. a. (Hg.), Geschichte der Familie. Altertum. Vorwort von Claude Lévi-Strauss. Ü. v. Günter Seib. Essen 2005.

S. 48: *«Zunächst müssen wir die Taglöhner von der Beschreibung ausschließen …»* Dieses in seiner Ehrlichkeit entwaffnende Zitat kann man hier nachlesen: Martine Segalen, Sein Teil haben. Geschwisterbeziehungen in einem egalitären Vererbungssystem. In: Hans Medick, David Sabean (Hg.): Emotionen und materielle Interessen. Göttingen 1984.

S. 54: *«Der begabteste Mensch kann nur die Reihe seiner eigenen Eindrücke beobachten und noch mehr aufzeichnen: seine …»* Auf dieses Zitat bin ich zuerst bei Hayden White gestoßen, in seiner «Metahistory» widmet er Carlyle ein ganzes Kapitel: Hayden White, Metahistory. Die historische Einbildungskraft im 19. Jahrhundert in Europa. Ü. v. Peter Kohlhaas. Frankfurt am Main 2008.

Das Verhältnis zwischen Wahrheit und Fiktion habe ich in diesem Beitrag ausführlicher erörtert: Lukas Bärfuss, Wahrheit und Wirklichkeit. In: Historische Urteilskraft 2. Berlin 2020.

S. 68: Eugen Huber, geboren 1849, gehört zu einer Generation, über deren Lebensleistung man nur staunen kann. Der Jurist, Journalist und Politiker hat die schweizerische Demokratie wesentlich geprägt, und wie viele andere sind er und sein gesetzgeberisches Werk fast ganz aus dem historischen Bewusstsein des Landes verschwunden. Die Literatur über ihn ist spärlich, anekdotisch, verstreut und größtenteils veraltet.

August Welti, Eugen Huber als politischer Journalist. Frauenfeld 1932.
Fritz Wartenweiler (Hg.), Eugen Huber. Der Lehrer, der Gesetzgeber und Mensch. Zürich 1933.
Absolut lesenswert und grundlegend bleiben Hubers «Betrachtungen über die Vereinheitlichung des schweizerischen Erbrechts», Basel 1895.

S. 70: *«Wie kommt Eigentum zustande?»* Eine interessante und kurze Einführung zur Geschichte des Eigentumsbegriffs im Zusammenhang der Familienforschung findet man bei diesem marxistischen Historiker: V. G. Kiernan, Private Property in History. In: Jack Goody, Joan Thirsk, E. P. Thompson (Hg.): Family and Inheritance. Cambridge 1976.

S. 80: Wer liest heute noch Borges? Sein Werk scheint kaum mehr zu interessieren, obwohl er viele der Verwirrungen des «Homo narrans» im digitalen Zeitalter in seinen Erzählungen und Essays vorgeformt hat.
Jorge Luis Borges, Inquisitionen. Frankfurt am Main 2007.

S. 89: *«Slavery is the price ...»* Zora Neale Hurston: How It Feels to Be Colored Me. In: The Norton Anthology of American Literature. Fourth Edition. Vol. 2. New York City 1979.